这本书，是献给父母的
也是献给我身边每个人的
更是写给我自己的
是写给天下儿女的

写在庚子

楚建锋——著

作家出版社

写
在
庚
子

作者简介

楚建锋，祖籍陕西省汉中，现在北京一高校工作。曾在部队、地方政府、新华社、海南省委、北京市委等地工作。1984年开始写作。先后出版散文集《泉》《涛声》，报告文学集《风起天涯》，随笔集《上善若水》《剑锋时评》，文论集《观潮》等。

目　录

分针和秒针迈着芳香的节奏

为命，坚强地从艰难岁月里走出来的感人故事。如父亲学起了木匠、篾匠、泥瓦匠；母亲上山修渠、卖血维持一家人生计等，更多是父母坚守人间大爱，在凌晨"打锣放哨""夜守打谷机""上山背炭""进山拾柴"，在人情淡薄中借发霉变质的红薯干度日等平凡琐事，读后让人历历在目，动容动情。也有作者走进军营，从社会青年到合格军人中的"拔军姿""叠军被"，在火热军营里励志成长、奋发直追的"岁寒三友""青涩记忆"等。尤其是庚子年来，作者对身边的景、物、人、事，如"温情时代""老书记退休的早晨""洗衣店的灯光""爱漫校园""医者仁心""浪在楼海"等的抒情和赞美，对大美北京、大爱北京的讴歌，催人阅读、让人思考，令人留恋、驻足。

这本散文集，笔力凝练，立意高远，文笔细腻、深刻。字字、篇篇，从标题、结构，到展现的每一个细节，读后都让人动容，是一部散发着大爱大美的上乘佳作。

是为序，言不尽。尽在读者阅读中。

2020 年 8 月

序二

张平

庚子年，不寻常之年。让世界，慢；让喧嚣的尘世，静；让忙碌的人们，止下脚步，"浮生偷得半日闲"。

闲中，人们在思考着人生的意义、活着的责任。思考抗击"新冠疫情"的历史使命。

在人类抗击瘟疫史上，从来都是危机与机遇并存、责任与担当并进、美与丑交锋前行。在灾难中静，英国文艺复兴时期的作家、诗人莎士比亚创作了不朽的经典《罗密欧与朱丽叶》，著名物理学家牛顿发现了地球引力。最终，一个个大美的世界、大爱的社会，成为我为人人、人人为我的世界。

本文作者正是这样一位心怀大爱、肩负责任，拥有历史温度的作者。在庚子年短短四个月时间里，他站在弘扬《天人合一妙手济世》的"里仁为美、仁者爱人"的中华文明高度，在《尊道贵德 协和万邦》中，以"欲穷千里目，更上一层楼"的视觉，呼吁抗疫中的世界以构建"人类命运共同体"为己任，赢得战"疫"和战后崛起。

有了这样一种创作态度和境界，又善于把才气、灵气、血气、骨气融入身边人和事、景和物，渗入心灵、流入笔尖。所以，他的这本散文集求真写魂，一气呵成、自成一体、自入一方。

文集中有横跨六七十年的父母住山开荒、修渠架桥、运炭砌灶、爱情相守、生死不离；有自己少年向往军帽、青年走入军营，在军营里叠军被、拔军姿、靶场燃烧青春等往事；更有近在昨天的北京的景，身边的洗衣工、售楼员、医务工作者、公园里舞者，还有北京天空"千形万象"的云、步步是景的绿……一个个鲜活的故事、鲜活的人物、鲜活的景象，"着墨无声，墨沉烟起"。

开篇《山顶荞麦花怒放》中，祖父、父亲为活命、躲战乱，在山顶"虎张口"垦荒的"祸不单行，福无双至"；《夜枕稻浪》中，父亲与满天繁星微笑、与金色稻浪呢喃；《竹林花开》里，父亲走出竹林，棉袄上被一根根竹节刺毛刺出的朵朵棉絮如梨花在身上"开放"；《问渠》中，母亲走出隧道，脸上除两只眼睛和牙齿外，已成"雪人"；《月亮走，我也走》中，父母拉着一架子车拾的柴火，在汉江的沙窝里"步步千斤"，独木桥上"步步惊心"，背柴下山"步步维艰"；《红薯，心灵的底色》中，父亲去大伯家也无粮食可借，只得把贴在墙上发霉变质的红薯干借回家，煮成酸菜红薯糊糊，一家六口人吃了又"大难不死"；《四棵核桃树》结出的核桃，成了那个年代，姐弟四人的学杂费，家庭油、盐、酱、醋的开销；《毛姑姑》里，妈妈少女时代学做女红；《靶场青春》中，作者刻蜡印钢板、双眼忽然假性失明……让人身临其境、身心荡漾，深受感染和洗礼。

中篇，以诗人西渡《一个钟表匠人的记忆》中"分针和秒针迈着芳香的节奏"的诗句为引题，回忆逝水流年的苦难和美好。美好的爱情。顽强生命与疾病抗争。父亲舔碗的《父亲的"光盘"人生》。尤其令人感动、落泪的是，《今生偏偏遇着他》中，母亲冲破世俗偏见，勇敢放弃上大学机遇，与父亲走进婚姻殿堂。"白头翁"父亲，在暮年里与"轮椅上的妈妈"生死相守。这些身边的故事、身边的人、身边的榜样、身边的爱情神话，阅读中，催人泪下，是如椽巨笔、如花妙笔，也写不出的，堪称爱情和生命的绝唱。紧接着，《妈妈的宝贝》中，那台相伴了妈妈十年的旧式轮椅，《古稀妈妈的秀发》中，妈妈乌黑发亮头发背后的故事，《我家的老先生》中，年逾九旬父亲的孜孜不倦，《"白头翁"大厨》《妈妈做的饼》中的香气四溢，以及作者回味在军营成才中的《拔军姿》《难忘那年"钢丝面"》《岁寒三友》里三个兵的励志故事，《午夜练拳人》中大家哼着"万里长城永不倒"在月光下练拳，《人间美味菜豆腐》的酸、甜、软、酸、香等不断勾起你的情感味蕾，拨动你的心房、情弦。让你在清新、明快、深刻、深邃中，享受一顿"原生态"的精神大餐。

食后，回味无穷，情意绵绵，意境深长。

在徐志摩《再别康桥》的"满载一船星辉，在星辉斑斓里放歌"中，作者呈现出庚子年里全景式绚烂，大爱的北京。这美，是"美了今人，惊了故人！成了海晏河清、时和岁丰"的《正是北京赏景时》；是"千形万象"的《美哉，北京的云！》；是《温一壶谷雨春茶》中，茶与心通、明心见性，抗击疫情的茶禅一味；是《老书记退休的早晨》，老书记向国旗的深深一鞠躬；是《医者仁心》中，北京三位老、中、青医生的爱心、痴心；是《温情时代》里，方工、宋鱼水、艾东等一个个政法英模，为了首都安宁的奉献和牺牲；是《公园舞者》舞出的时代华章；是《洗衣店的灯光》下，洗衣女工的大爱坚守；是《写诗的律师》的法治情怀；是《爱漫校园》的首都生态美；是《心之舞》中，退休阿芳"后半生"的美；是《汉民族的精神密码》《传承灿烂》中，中华民族的魂魄；是《当代中国的画卷》中新时代的凯歌……读后，不得不让你为新时代而歌，为新时代而赞，为新时代而珍惜起脚下的土地，土地上的一人一事、一景一物。让你把这块土地爱得深沉。

诗人艾青说他，是一个长久的人道主义者。著名作家汪曾祺也说，中国作家的人道主义，是避开丑、不再空洞虚幻的人文关心关怀。是诗化的抒情世界。

一个国家，没有历史的记忆就没有前途。用人文关怀的人道主义大爱大美为创作视角，记录昨天、今天，过去、现在，正是为了昭示未来，指引前行、传承文明、延续灿烂。是把中国式的人道主义，扛在肩上的作家责任和使命。

写这个序，首先是被作者朴实、流畅、深刻、弥漫的文笔、故事细节所吸引。读着读着，正如诗人艾青说，"于是，我的心胸被火焰之手撕开"。我似乎也被作者的"火焰之手撕开"，情不自禁，提起笔作序。其次，是与作者先生认识于2008年北京奥运会前夕。当时，由中国文联、中国作协、中华文学基金会与北京市委政法委举行的"著名作家赴首都政法系统采风"活动，我是被邀请的作家之一，建锋是组织、策划者。按计划，我创作了《人民检察官方工》《公益律师佟丽华》，被收入《他们是这样的人》一书。采访创作中，与建锋有了接触。知道他是军人出身、媒体人成长、政府中公干，现又在大学里育人。但他一直笔耕不辍，出版有多部散文、报告文学集。

今天，他又在四个月时间里，为读者奉献出这本写身边人身边事身边景身边物，洋洋十余万字的散文集，不得不让我提起笔为他鼓劲—— 一是感动，二是盛情，三是眼前一亮：时代呼唤这样暖心暖身暖魂的作品。在喧嚣的寂静中，让人们"心灵打个盹"。让人们在身边的人和事中，美轮美奂，静心聚气，弘扬大爱，回归本道。在人道人文关怀中，让中华民族走向伟大复兴。

这，不但是一种创作情怀、创作范例，更是人间真善美的回归和燃烧。不失为一部充满人间大爱、文学性强的上乘之作。我非常乐意为新时代这样接地气、从读者中来到读者中去的作品写序。

我愿我的这篇小文，能让你同我一样，读后也有所收获。足矣。

2020 年 8 月

写在前面的话

父母，儿女的一本无字大书。

在庚子年，抗击"新冠"的岁月里，天天与父母相守。

静下心来，与父母的心碰撞。碰撞，父母在艰难岁月里顽强生存、在与病魔做斗争中坚强活着……一幕幕、一桩桩、一件件"平常"小事，让我不能自拔，有了要写点什么的冲动。

年近九旬高龄的父亲，是烽火年代参加工作的老革命、老政法，做过两次心脏支架手术，依然精神矍铄、孜孜不倦；七十有六的母亲，四十多岁患上类风湿，做过五次手术，左右髋关节都装上了假肢。尤其是去年秋天，病情加重，来北京治疗。住院半个月后，每周还要坐着轮椅去医院治疗，依然坚强地与病魔抗争着，生生不息；父母顶着当时高压的社会环境、冲破世俗，在金婚中相守、不离不弃；高龄父亲在近二十年中，在母亲五次手术、在闹钟的滴答声里，悉心照顾母亲的生死相守；母亲看着锅里、指挥着"白头翁"父亲慢慢成了大厨……一件件、一点点，恩恩爱爱、不离不弃、向美而生的故事，感染着、激荡着、洗涤着我的心海和灵魂。

相处的日子，就是洗刷心灵的过程。这些历历在目、让我不能自拔的故事，是一笔巨大的、人心向善、温暖人间的"财富"。稍不留神，就会滑过去。就会遗失在历史的长河里。所以，不记录下来就是儿女的孝心不够，也不是一个合格的儿女。为此，在天天感动和孝心的考问中，我萌发了写作这本散文集《写在庚子》的初心。

写作，也使我灵光乍现。忽然，我对身边人和事、景和物有了情感观照。忽然发现，生活中的美无所不在、无处不在。他（她）鲜活的面孔、鲜活的故事，源源不断撞击着我的心灵，占据着我的心海。让我不得不提起笔来，记录下以父母故事为开篇，和反映北京庚子年里、"新冠疫情"防控中，大美大爱的人间温情、人性光辉的故事。

没有父母，我难以下笔，写不了这本书。所以，这本书是一个儿子对父母孝道的体现，也是一个儿女理应继承父母优良品质的孝心的体现。是必须为而为之的。

与此同时，视写作为生命的我，不把身边这些鲜活的人和事、景和物记录下来，也感到生命里缺了点什么。

平常，跟他（她）们耳濡目染中，我的嗅觉已经麻木。拿起笔，才读出他（她）们的大爱和情怀。我常常饱含着泪水和难以抑制的崇敬之心，以一个作家的本能，在写这本书。写作中，故事里的人、人里的事让我不由自主地泪如泉涌，不能自拔。

这本书，是献给父母的，也是献给我身边每个人的，更是写给我自己的，是写给天下儿女的。

我相信，每个做儿女的看了这本书，都会被他们父母以及他们身边人虽平凡但情浓的琐事感染、感动。这些人的一言一行，影响着我们，让我们做更好的自己，去做一个堂堂正正的闪光的人。这就是这本书的初衷，也是我写这本书的应有之义。

谨以此书，献给我的父母和我身边每一个人。你们，是我的人生老师，也是我的灵魂导师。我，爱你们。

2020 年 8 月

柔嫩的蔷薇刺上

柔嫩的蔷薇刺上，还挂着你的宿泪。

—— 卞之琳诗《白螺壳》

山顶荞麦花怒放

那爬满山坡的荞麦，一簇一簇，从陡峭岩石的黄土里钻出来，伞状的花，一片洁白、一片火红、一片玫瑰红，把秦岭主峰、天台山东南脚下的雷家山山顶，点缀得生机盎然。

山外，中条山的抗日阻击战已进入尾声。逃荒的、躲兵役的、避苛捐杂税的人们，来来往往，都在寻找安身立命之处。使这处开满海拔两千五百米山顶的荞麦花，更加引人注目。

这是少年父亲，与年过半百父亲（我的爷爷），和大弟（我的伯伯），经过近两年上山于荒种地、维持生计后，奋斗出的果实。

望着一株株茂密的荞麦和怒放的花朵，爷爷告诉父亲，今年终于可以吃饱肚子了。

一晃，那已是七十多年前的往事了。

多少年来，年近九旬的父亲心海里始终被开满山顶的荞麦花占据着。

一株株生命旺盛的荞麦、一朵朵怒放的荞麦花，把山顶那片寡淡、荒寂、杂草丛生、杂木横行的坡地，装点得美轮美奂，生生不息。

父亲出生在陕西汉中市城北二十公里以外的汉王镇鲁家河村。

汉王镇，是当年西汉高祖刘邦封汉王后的屯兵之地。至今还能寻到刘邦的足迹，是典型的黄土高坡，素有"九岭山岗十八坡，满地乱石难下脚"的谚语。

这里，遍地是淡黄如鸡蛋、碗口大的"泡浆石"。这种石头，像石灰石，浸泡之后会发溃；太阳晒，又坚硬无比，根本种不了农作物。

所以，父亲出生的地方是"鸡不下蛋"的穷乡僻壤，再加之战火频仍，民不聊生。父亲他们兄弟八人，三个兄弟一出生就被领养，还有一个弟弟三岁夭折。家里，只剩下父母、他、大哥、二哥、大弟，六口人。

为了活命，大哥去给别人当长工了。二哥去帮别人放牛了。爷爷领着刚满十岁的父亲，和父亲九岁的大弟，经宗族坟地协会（管理同乡绝户土地的民间组织）指定，承包了雷家山山顶，被称为"虎张口"的荒坡。准备开荒度日。

雷家山高两千五百多米。坡顶向阳的东面，正中有一块如猛虎张口的巨石耸立，故名"虎张口"。巨石周围山坡陡峭，乱石穿空、杂草丛生、杂树成片，是典型的穷山恶水。坡顶西边,是被称为"舍身崖"的峭壁,地势险峻。

父亲记得,去雷家山是早春二月的一天清晨。天早早放亮了,爷爷领着父亲兄弟两人,提着一袋烤红薯,拿着镰刀、砍刀、斧头、镢头和两件换洗衣服,出发了。

经过五十多里的紧赶慢赶,太阳快落坡时,到了雷家山的脚下。只见,一条青泥河环绕着陡峭的山坡。坡上,星星点点十余户开荒人家,在烧火做饭。

管事的告诉他们,整片坡和周围廷绵的十几座坡地,都被承包开垦了。按协会主事人的吩咐,只能把坡顶"虎张口"那块土地,租给他们了。

爷爷顺着管事人指的方向抬头看,只见,阵阵余晖射下的刺眼的光让人睁不开眼。根本望不到坡顶,更望不到坡顶的具体位置。只能点头同意了。

第二天一早,管事人带着父亲他们经过一个多小时的艰难跋涉,终于登上了雷家山坡顶。

站在山顶,一眼望下,只见"虎张口"果然名不虚传。

一块几十米高的巨石,耸立在这片三十多亩自然坡地的正中。周围,是一大窝占地三分之一的红刺藤。旁边的坡地、山谷、断岩上,长满了茅草、青冈、白杨、桑树等小杂树。用锄头刨一刨山坡,尽是板结的黄土、碎石。

陡峭的坡,不但无处搭棚藏身;恶劣的土质,连草都长不出来,还何谈开荒种地?

见到这，管事的人直摇头，劝说父亲他们要不要租，要考虑清楚。

但是，这是坟地协会划分好的地，不租又能上哪儿去种庄稼？解决口粮"度日"？

既来之，则安之。

见状，爷爷皱了皱眉头后，告诉管事的："租了！就这里了！"

管事的见父亲他们语气坚定，便摇着头叹着气，独自下山了。

就这样，父亲他们开始了烽火年代的开荒岁月。

在爷爷的率领下，一老两小甩开膀子开干了。

在坡上割了几大捆茅草，把一大窝占坡地三分之一的红刺藤点着了。伴随着熊熊大火，他们跟在火后砍烧焦的红刺藤根和桩。边烧边砍、边砍边烧。一下，到了黄昏。这窝红刺藤终于消灭了。清出了一片参差不齐、高高低低的空地。趁天未完全黑下，赶紧搭起了窝棚。

一天就这样过去了。带来的烤红薯还剩下几个，他们就着山下提上来的山泉水充饥后，倒头便在窝棚里进入了梦乡。

次日，阳光洒满山坡，老鹰、喜鹊、山雀、乌鸦等，叽叽喳喳闹个不停。荒无人烟的山顶上，成了鸟的世界。

在鸟的欢快打闹中，父亲他们又开始了第二天的劳动。烧茅草，砍杂树。一天，又过去了。

随着百鸟争鸣，又开始了第三天、第四天、第五天……砍杂树，清树根、草根、石块的劳作。

一晃，十余天过去了。这片坡地，已随起伏的丘陵、山谷垒成的石坎，打造出一片梯田似的黄灿灿农田。

爷爷按种植经验和土壤条件，应季节在这片刚刚开垦好的坡上，种下了土豆。

很快，三个多月过去了。一片绿茵茵的土豆秧长满了山坡。喜得父亲他们笑得合不拢嘴。

谁知，天有不测风云。眼看丰收在望，盛夏的一个夜晚，忽然狂风大作。随后，倾盆暴雨形成巨大的山洪和泥石流，把窝棚、黄土，夹杂着被连根拔起的成片的土豆秧，席卷而下。幸好，父亲他们三人性命无忧。

暴雨、山洪，没吓跑父亲他们。他们马上再搭窝棚，整理山坡，点种上应季的小麦。然而，因土质缺肥，土地干旱、板结等原因，成活率不足一半。另一半活了，但受山顶风吹日晒等气候光照影响，长势矮小。

俗话说"福无双至，祸不单行"。眼看，熬到了次年5月，小麦快收割时，本来稀稀拉拉、穗小颗粒不饱满的麦子，忽然染上了铁锈病。让本来就少得可怜的、一点点麦子，又打了"水漂"。

真是"屋漏偏遭连夜雨"，怎么办？父亲他们为了生存，没有退路，只能咬牙再干。

爷爷带领父亲兄弟俩，在满坡点种上了对土壤要求不高，生长周期短，速度快的荞麦。坡顶充足的光合作用，很快让荞麦冲得近一人高。株株开花结籽、长势喜人。就这样，功夫不负苦心人。荞麦花开，荒坡变良田。渐渐，这片坡地种上了玉米、土豆、黄豆、山油菜、山萝卜等。年年长势喜人，年年丰收。让父亲他们一家六口吃饱喝足，还养上了肥猪，日子过得像荞麦花一样绽放。

日月如梭，六七年过去了。汉中解放了。父亲他们下山了。回归家园了。

之后，父亲在战火硝烟中投身了革命。

父亲他们一家人也在红色政权和新中国的怀抱里，日子过得越来越幸福美满。

一下，来到了新时代。进入全面建设小康社会的宏伟工程。

而今，回想起那段"逼上梁山"的少年时代，父亲总是忘不了荞麦花怒放山顶的一幕幕。

这一幕苦涩，但令人回味；凄美，但催人奋进的荞麦花怒放的岁月，就是催生父亲坚定走上革命征程的岁月。弥足珍贵。

让父亲永远在党的怀抱里成长。永远为党的事业，生命不息，奋斗不止。

夜枕稻浪

星光、月光，洒满万亩连绵起伏、金灿灿的稻田。

寂静的夜，在陕西汉中城区十八里铺这片沙滩上，显得格外美丽而妙曼。

又是一个秋天，又是一个收获的季节。

父亲，身披蓑衣、脚踩草鞋，躺在铁质的打谷机桶里，枕着大自然赐予人类的沉甸甸的金色稻浪，仰望满天繁星，与微笑的月亮和月光柔情相抚。他听着田间地头此起彼伏的蝉鸣和蟋蟀的欢唱，不时发出会心而灿烂的笑。

父亲的笑，与夜色下习习微风拂动的稻谷，相触着春华秋实的美，呢喃着谷子的神圣光洁。

春种一粒粟，秋收万颗子。这是上苍赐予庄稼人一年劳作的回报。谷穗上，每一粒胀鼓鼓的谷子，都是沧海桑田的精灵。每一束沉甸甸的稻穗，都是亘古绵延流淌的盘古、神农留给炎黄子孙的爱。

那是上个世纪六十年代末、七十年代初，父亲在近十年时间里，每逢秋收的一个寻常夜晚。

当时，父亲被错划为"右派"，下放到镇上沙滩村劳动改造。

素有"天府之国""塞上小江南"之称的汉中，是天然盆地，一马平川。以沙土为主、肥沃保墒好，很适合水稻生长。是天然粮仓，陕西第二大米仓。

每到风调雨顺的秋季，连片的沙田里，金色稻穗一望无际、连绵不断，甚是喜人。

父亲下放的沙滩村，是这片土地的"白菜心"。两千亩良田上，金灿灿的稻穗美不胜收。

然而，季节交替、秋多风雨。及时收回成片稻海里金黄金黄的稻谷，成为农家人的"龙口夺食"。显得分秒必争，甚为迫切。

否则，遇绵绵秋雨，成片成片的稻谷会在雨中"落泪"，纷纷滴落在沃野里。把庄稼人一年的劳作，化为"灰烬"。

那个年代，收割主要靠人力。

每年中秋节前，男男女女们纷纷拿着镰刀，一把一把割下笑弯了腰的稻穗，一把一把按"十字架"叠放成堆。此时，壮劳力们推着电动打谷机，争先恐后，把割好的稻谷一把一把喂进机器脱粒。然后，再把脱完粒的谷子盛入箩筐，挑到晾晒场晾晒。

就这样，边收割，边脱粒，边晾晒。收割到哪里，打谷机就推着到哪里脱粒。

月余时间，分分秒秒，一刻也不敢曼怠。

当时，打谷机是收割的灵魂。一个生产队按指标限购一台。市场上很难见到。物以稀为贵。一时，这台机器显得神秘而珍贵。所以，守护好这台机器，就是守护好秋收、守护好生存、守护好全队一百多户人家的生命。

这个任务，被生产队指定落在了年富力强的父亲身上。

父亲得到指令，眼泪不由得夺眶而下。他庆幸队里能选中他，更庆幸他白天能与农友们收割、脱粒、晾晒，晚上能头枕这台神圣的机器，闻着稻香、看着星星月亮，吹拂着秋天夜晚香气四漫的微风，在金色稻海里陶醉，在稻浪里坚守。

坚守庄稼人的辛苦，庄稼人的期盼，庄稼人的命脉。

虽然，打谷机长四米、宽两米、高一米，前边还带着脱离滚筒电动机等，人和衣躺在铁桶内，刚刚凑合，转动身子都很难。

但是，脱完粒、装满谷子的铁桶，天天散发着谷子的清香，与铁桶外的稻海交换着芳香的气息，让父亲心里乐开了花。喜不自禁，喜从心来。

夜宿打谷机。收割中的日日夜夜。月余时间，天天如此。

父亲打心眼儿里喜欢。打心眼儿里感恩队上能器重他、青睐他，把这一神圣光荣的保护秋收的任务交给他。

从领受任务的那一天起，父亲浑身像打满了鸡血，激情燃烧，信心满满，乐此不疲。

　　每天太阳西斜、大家收工回家，父亲便开始了晚上的值守。

　　陕南的秋天，在半阴半晴中交替。

　　晴天的夜晚，星星月亮在稻海中移动，稻穗夹杂着雾气，与渐渐落下的水珠相糅合，飘出谷粒的甘甜。

　　阴天的夜，寒冷，潮湿，温差大，与万里无云、碧蓝如洗的晴空，形成鲜明对比。尤其遇上连绵不绝的阴雨天，金黄的稻海隐匿在浓浓的夜幕下，伸手不见五指。

　　一场秋雨，一场寒。夜，慢慢深；天，慢慢黑。后半夜，冷飕飕的秋风带着阵阵秋雨，瞬间生出一股股寒气，让躺在冰冷铁桶内的父亲一个寒战。激灵地伸手在铁桶边的草堆上抽一把谷草，扎紧裹在身上的棉袄，才慢慢抵御住袭来的寒气。

　　此时，没有灯光、没有虫鸣。漆黑的夜晚静得吓人。

　　这时，也可能是小偷小摸猖獗的时候。更要忍住寒冷和恐惧，聚精会神，听风听雨；睁大眼睛，观察夜色。

　　雨，越下越大。父亲一个跟头跃跳出打谷机，戴上斗笠、换下湿透的草鞋、套上深筒胶鞋，踩着变得泥泞的沙地，开始围绕打谷机在田野四周巡查。

　　风卷着雨、雨夹着风，不断把深秋初冬的寒气送来，刺骨而透心。不断被雨水浸透的父亲，边打着寒战、边提高嗓门假装咳嗽，给自己壮胆。同时，在荒无人烟的稻海，不由自主哼起了陕南民间小调。慢慢，下嘴唇磕碰着上嘴唇，声音也颤抖起来。

父亲不由自主地，在喊着冷啊冷啊冷啊的巡看中，盼到了东方破晓，远处农家的鸡鸣。盼来了又一个太阳升起的早晨。

就这样，在一个又一个阴雨交加、寒气袭人的深秋夜晚，在"革命理想高于天"的豪情壮志中，父亲一夜一夜与稻浪为伍，挺了过来。

一晃，一个多月的秋收结束了。

成片成片、金黄金黄的稻谷，像温情的大海，每一粒谷子像一滴滴海水，从稻田里流进了生产队的粮仓、农家人的米仓。

看到这，父亲笑在脸上、甜在心里。

在十余年的秋收里，父亲年年就是这样，在陕南那片稻海里，枕着翻滚的稻浪，守护着稻海的美丽、捍卫着稻浪的神圣。用坚强、执着、奉献，守护着上苍赐予人间的爱。

竹林花开

　　像国画大师吴冠中笔下的江南水乡，密不透气的嫩黄垂柳在如瀑布般的绿色柳条中，泛出几点白光；如雨后春笋，在绿茵茵的大地上，争先恐后亮出白中带点嫩黄的尖。

　　这是阳春三月，在陕西第一名山——汉中市北秦岭南麓天台山一座主峰的原始竹海里，一朵朵如梨花般的白色花朵，正穿透绿毯般的竹林，一束一束在眼前绽放。

　　越来越近，越来越清晰。这些一束束绽放的梨花，忽地从密不透风的竹林里钻出来，成了一人高的一树树梨花。

　　走近再看，这是一群伐木人。

　　在春寒料峭中，身上的一件件棉衣棉裤被细网般的竹子扎破，露出的棉花如梨花般在身上"开放"。

　　他们的手，在扒开密密麻麻的一根根竹子、拖出砍伐的树木中，被竹节的刺毛、长纤毛，划得像干裂的旱地。一条条老疤和正流血的新伤，交织着。拼命拖着圆木往竹林外奔，脸上也被密不透风的竹子的小枝丫，抽打和刺得红里透黑、黑中泛红。红中，是一道一道挂在面颊的血粒子。

步履维艰中，身上被一根又一根阻挡前行的竹节上的枝、刺毛，刺出朵朵棉絮，像炸开锅的豆花，飞舞着。

这些伐木人，是在响应"兴修水利，造福人民"，建设被誉为陕西汉中的"生命库""母亲库"，汉中的"三峡工程"，汉中的"红旗渠"的西北水利明珠——汉中石门水库的一个小片段。

石门水库，位于褒河上游。是上世纪七十年代初，汉中在褒谷南口内、栈道石门处建的大坝。大坝河床建水电站，形成一座以灌溉为主，兼顾发电、防洪、养殖等功能的大型水库。

库区水由此至留坝县青桥铺，长十七公里。渠系包括东、西、南三条干渠，总长八十七公里。东干渠系水库主干渠。全长四十公里。横穿北部山腰和丘陵，逢山打隧洞、遇水架渡槽。自渠首起，依山傍水而行。

为确保工期，所有男性青壮年必须出工。编入劳动大军。壮年的父亲，被编入伐木组。在天台山伐木。

天台山山川巍峨，陡峭险峻，森林茂密。按当地俗语称，"汉中有座天台山，搭把椅子摸到天"。清人严如煜有诗说："苍苍石峰立嵯峨，险道新盘上旧阿。地狭寺随峰石转，僧归身带野云多。"迄今，天台山已是国家级森林公园。占地五点八万平方公里，主峰高两千米，两侧为凹形，坡度三十度左右，峡谷深切，沟谷纵横，原始森林深不见底。

父亲他们伐木，在天台山西北角的一座名唤山娘坝的山峰。

当时，所伐木主要用于隧洞的撑木。

公社书记说，只能伐松木、桦木中的病树。其他粗大、青嫩的，一律不能动。并规定，所伐树，高十米左右、粗十厘米以上。这样，伐木的第一道难关来了，即寻树。

要在密布的原始森林里，寻找出按规定可以砍伐的树，而且还有任务量——二十人的伐木组，每天必须伐十棵以上，运回山下的驻地。所以，这也为伐木划出了"硬杠杠"。

经过几天的打磨，父亲他们在寻树中总结出三条经验。一是竹林中寻。要伐的树，一般都混杂在茂密的木竹、毛金竹林里。二是上下看。分成两个小组。一组上到山顶往下看，但见翠绿翠绿的竹林里，有枯黄的地方，肯定就隐藏着能砍伐的树。另一组，站在山下往上看。瞧见密不见天的竹海里，有片光亮的地方，肯定也长着比竹子矮、可砍伐的树。三是定方位。每天，大家按规定的"寻树"时间，在可堆放伐下来树木的山腰会合。再把两组观测到的方位、地点，综合分析。在初步确定可能伐树木的地点后，再派人实地勘查。之后，大家一步步像过刀山、下火海一样，扒开茂密的竹子，带上伐木工具，去砍伐。

可以说，从每天早晨太阳刚爬出山，要到正午太阳立上竹竿，才能找到可砍伐的树。

接下来，是砍伐。

在绵密的竹林中，砍伐夹杂其间的树，比"火中取栗"还要费尽心机。首先，要两人一左一右，死死扒着长在树两边的竹子，另一人一斧子一斧子地慢慢砍。正如《诗经》云，"伐木丁丁，鸟鸣嘤嘤"。这个"丁丁"，是斧子砍到树上挥动中碰到几乎没有距离的竹子上的声音。"嘤嘤"，是每个伐木小组三人战战兢兢，被竹子刺手，一斧子又吃进树里几毫米，而悲喜交加的叫喊声。

最惊险的还在后面。在一毫米一毫米的艰难砍伐中，砍的树根与连着的皮，快断开了。树快被砍倒了。为防止倒下的树砸到旁边的竹子。左右两边扒竹子的人要快速分辨出树可能倒的方位，快速用手中的长竹竿，在竹林中豁出一条缝隙，让倒下的树躺在缝隙里，不伤着竹子。

"病树前头万木春"。唐代诗人刘禹锡的这句诗，道出了运木难的玄机。砍好的树，往山下运的难度不亚于"茧中抽丝"。既要在运输的一路上保持"万竹春"，又要在密布的竹林里，把砍伐的重约六七十斤的树木运出来，是一项大工程。是一项在砍伐中，最难最大的工程。

两人拿着长竹竿，像"用剑劈水"般，分别把竹竿插入前方根根依偎在一起的竹林，使出浑身力气用力压住。在密林里"压出"一条路。让另一用长绳拖着伐下的树木的伙伴，快速拖着树木走到路的尽头。另两人，又快速向前一竹竿一竹竿扒开一道又一道的路，保证拖木的伙伴接力般，把树木慢慢拖出竹林。

就这样，把树木拖出竹林。拖到会合地堆放处。三人的身上，上上下下都开了花。脸上，挂满血粒子。脚上的解放鞋，也在长满灌木、杂草、荆棘的竹林里，被扎得鞋面开口、鞋底穿洞。脚也常常被扎破。

可以说，运伐木出竹林，不费"九牛二虎"之力，是运不出来的。

青山作证，绿水长流。

一晃，那考验意志、耐力、体力的伐木生活，早已成为过往。

巍巍的石门水库，已成陕西一景，灌溉着汉中数十万亩良田，哺育着汉中数万万百姓。修渠人、建渠人，当年"誓让山河换新颜"的豪情壮志，也早已铭刻在这座"生命库"上。铭刻在父亲的人生记忆里。

竹林花开，是幻觉更是童话。然而，又是真实的人间故事。

这故事，是中华儿女、炎黄子孙的天工开物、精神花开。

远去的锣声

"咣、咣、咣……"偶尔，年逾九旬的父亲，总在不经意间嘴里念念有词地"咣咣咣"起来。

这是锣声，是小木槌敲击铜锣的声音。是上个世纪六七十年代，父亲年富力强，参加民兵连训练，"提高警惕，保卫祖国"的燃情岁月。

锣声在耳边响起，斗志在胸中激荡；豪情，在陕西汉中那个村庄的沙滩上燃烧。

数九寒冬，黑夜漫长。

南屏巴山、北依秦岭，汉江穿城而过的汉中，每临冬天，夜，特别漫长；天，特别寒冷。滴水成冰，吐气凝霜。尤其进入"三九"气节，寒冷更让人感到阴冷、潮湿、彻骨、透心。是一年四季中，最难熬的日子。

"民兵扛起枪，浑身有力量，生产是能手，练兵斗志昂……"豪迈的民兵扛起枪，让父亲这一代人开始了"冬练三九寒，夏战三伏天"的民兵岁月。

那时，父亲是被错划为"右派"、下放到沙滩村改造的"分子"，没有资格参加民兵训练。然而，一心向党、一心向国家、一心向人民的父亲，怎么也掩饰不住自己报效祖国、报效党和人民的赤子之心。

所以，在隆冬的一个黄昏，参加完义务劳动，听大队的民兵连长布置次日清晨民兵开始为期两周的训练，正愁没人愿意从冬天温暖的被窝里早早爬出来，从一队到四队，敲锣唤醒熟睡中的民兵起床、集合训练时，父亲一个箭步跑到连长前，自告奋勇请命。

连长打量一阵父亲，愣住了！他不相信这么艰苦的活，还有人自告奋勇！

他沉思片刻后，说："民兵集训是每天早晨六点，为了既不影响民兵休息，又不耽误集训，一是每天必须在五点四十分准时响起第一声锣声，二是五点五十五分结束，不能提前一分，也不能推后一秒，你行吗？"

听后，父亲不假思索地、坚定地说："行！"

这一声，更让连长不相信自己的耳朵了！

寒冬腊月，寒风刺骨，谁不想在温暖的被窝多睡一分一秒？还有自告奋勇来受这份活罪的！而且，还敢保证不差一分一秒，就是神仙怕也难做到吧。

想着想着，连长说出了第三个条件，三是"差一分一秒，你是'分子'，要挨打罚款，你敢吗"？

父亲又脱口而出："敢！"

这下，民兵连长乐了。他不再犹豫，斩钉截铁当社员们的面发号施令说："我宣布，打锣就由某某完成。军中无戏言，若有差池，大家拿他是问。"

会后，父亲领着民兵连长交给的小木槌、铜锣，没顾上回家吃饭，就沿连长要求的打锣路线开始了踩点、预演。

当时，父亲下放劳动的生产队在距汉中城区十八里的一个小镇的村上。村为大队，自然村是队。有四个自然村，即一个大队下辖四个队。占地两千多亩。人口八百多，民兵上百人。

村里有两条河流环绕，数条连通各自然村的支渠。土地以沙滩、水田、旱地为主，是典型的"塞上田园"。沟沟坎坎、弯弯曲曲，走捷径、绕全村四个队部转一圈约五公里，平常需要近一个小时。

父亲为了在十五分钟内爬坎、过沟、绕田、穿洞，东西南北一圈，快速、准确、定时地完成敲锣任务，便按民兵连长指定的路线，开始了实地演练。

我们家住在村里的北边，是四队。父亲从家里出来，稍往北走一百多米，便来到四队队部院坝。抬起手，一扬小木槌，缓缓落到铜锣几毫米边停下，就等于响起了第一道第一声锣声。之后，边向西快走，边模仿敲。不一会儿，来到了西边河的桥头，锣声停下。过桥向西南走，来到了三队最西边一户姓邓的住户家房后，又模仿敲出第二道第一声。边向西南走，边敲。敲中，不由得来到了西南边的桥边，锣声停下。从桥上的水渠坎上，下到桥下的涵洞。穿过涵洞，便来到一队的最西边，开始敲打第三道锣的第一声。边敲，边向东行走，直到来到最东头止声。再由东南走过沟沟坎坎、沙滩、水田向北行走，到了最东头的二队。又开始打响第四道锣的第一声。边打，边由东向西，不一会儿，便来到位于村里正中央的大队部，锣声止。

四道锣声，爬滩过河，蜿蜒曲折，步步为营。是一场考验体力、智力、耐力、判断力的高难度"粗活"。看似简单，其实不然，不用心用情用力是完成不了的！

难怪民兵连长要在众人面前，让父亲立下军令状。

一圈走下来，父亲用了二十七分钟。比要求的十五分钟，多出了十二分钟。他开始琢磨在哪段路耽误了时间，哪段路还可加快步伐。

一次、两次、三次……天，慢慢黑下来了。只有远处几户人家烟囱里零星飞出的火星，若隐若现。田坎、水沟、旱地、沙滩，伸手不见五指。父亲在深一脚浅一脚、慢一步快一步地琢磨着、成长着、坚定着。

事后，父亲感到，那时走的每一步，都在丈量着意志、打磨着激情，考验着他的忠勇果敢。步步，都是他向往祖国强大、人民安定的"准民兵战士"的爱的奋斗。

就这样，连续练了多遍，父亲终于在十五分钟内完成了四遍锣的敲打任务。

当晚回到家，父亲饱饱吃上了一顿红薯米饭后，拿出木匠活工具，敲敲打打起来，通宵达旦。清晨五点四十分，闹钟一响，父亲提上锣，拿着小木槌，开始了十五天的打锣生涯。

十五天，一天也没耽误。十五天，天天准时准点。

一个冬季，十五个清晨，每天父亲顶着一头白霜，带着一身湿透了的雾水打锣。每天回到家时，头上冒着热气，人已变成蒸腾着雾水的"大熊猫"——深陷的两眼上，写满一圈黑黢黢的眼袋；被霜冻的脸蛋，红中透黑、黑里泛红，肿肿的。红肿，一直要到中午才慢慢消退。

十五天，十余年。

每年寒冬，在陕南那块寂静的田野沙滩，在人们睡意正浓的香甜甜的清晨，父亲用炽热的赤诚、旺盛的斗志、朴素的情怀，一小木槌一小木槌，在铜锣上敲醒沉睡的村庄，唤醒沉睡中"保家卫国"的热血青年。

锣声在飘荡，父亲在沸腾。

锣声在空中回荡，回荡着父亲沧海桑田的微笑，回荡着父亲守护黎民百姓、护佑着炎黄子孙的执着。

一晃已是六十多年，这锣声一直在父亲的耳边、心海里回荡。

他骄傲，在他人生的壮年，也曾"保家卫国"在陕南那片沙地上。

问渠

"问渠哪得清如许？为有源头活水来。"这句出自宋代大诗人朱熹的名言，在古稀妈妈的嘴边常常念诵。

念诵这句诗的背后，藏着妈妈风华正茂年代一段刻骨铭心的往事。这段往事，与被称为西北水利明珠，被誉为陕西汉中"三峡工程""红旗渠""生命库""母亲库"的汉中石门水库紧密相连。

如今，建成于1975年、坐落在险峻的褒谷口上，造型优美、宏伟壮观，高峡出平湖、库容一亿多立方米，坝高八十八米、底宽二十七米、长二百六十多米，双曲拱坝的石门水库，使五十多万亩"红苕坡变成了青蛙窝"。结束了汉中东北部几个县百姓，常年以旱地杂粮为主的历史。家家户户吃上了香喷喷的大米饭。

畅游在位于褒河中上游的石门水库，十七公里长的人工湖面烟波浩渺、溪水潺潺、瀑流叮当，水产水禽嬉戏水中。库区两边，怪石林立、树木苍翠。仿古栈道再现当年西汉军事天才韩信"明修栈道，暗度陈仓"的雄奇。西汉谋士张良题写的"玉盆"、三国曹操挥毫的"衮雪"胜景，也尽收眼底。

修建水库，是一项浩大的工程。为确保工期，实行军事化管理。所有男性青壮年必须出工。编入以公社为营，大队为连的劳动大军。分工明确，快马加鞭。

壮年的父亲被编入伐木组，在秦岭山脉伐木。出工三个月后，父亲因劳累过度不得不请假调养。三天假期到了，父亲还是起不了床。年轻的妈妈去建设大坝找民兵连长，给父亲请假。

谁知，连长一见到秀外慧中、亭亭玉立的母亲，临时动意，说："让他（父亲）休养吧，不用来了。你（妈妈），顶上就是了。"

军令如山。连长发话了，谁敢违抗。

就这样，修渠任务由父亲换上了母亲。而且，在全是男性的营、连里，母亲这"万绿丛中一点红"的身姿，在工地上绽放。

当时，母亲所在的连主要负责东干渠的隧道建设。建设中，又分为测绘、风钻、运渣三个班。配合作业，轮流施工。测验完，风钻班上。"突突突……"用钢钻打出碗口大的洞，装上炸药、拉上导火索点燃，立即躲起来。只听"轰隆隆"巨响，地动山摇。约半小时后，运渣班上。将爆破下来的碎石块立即装车，运出洞口。倒在半山腰的深谷里。

母亲被编入运渣班，负责搬运隧道爆破下的石渣。

母亲记得，他们连当时负责隧道三号段的建设。母亲所在的运渣组共三人。母亲说，每当爆破声过后半小时，他们就走进洞内。只见，白茫茫的爆炸粉末形成的粉尘弥漫在洞的每个角落。刺鼻的火药味夹杂着石灰味，让人不得不捂着嘴。他们，凭着对洞口的熟悉，迅速摸索着推车进洞。进洞后，各司其职。拿出"大扇面"状、专门清理石渣的锄头，往土筻里耙。耙满，提着倒进车里。很快，装好满满一车。一人拉，另两人一边一个，推着车出洞口，把满车石渣倒入半山腰的深谷中。就这样，循环往复，一干就是八个小时。

每清完一车，手上就多出几个新磨出的血泡。一个月下来，双手已磨出一层老茧。腰，也累得直不起来。双腿，困乏、沉重。浑身上下都沉沉的，麻麻的。尤其是头上，沾满了一层厚厚的岩石灰，脸上除两只眼睛和牙齿外，人，已成"雪人"。

回到山下的营地，打一盆清水，把头"闷"入盆中，人，瞬间清醒、通透。刹那间，鼻子通了。缀满岩石灰的头，也清醒了。从头到脚、任督二脉，像过电般在水的"激灵"下，变得苏醒和活络。此时，人在清水中也慢慢缓过神来，有了劲。顷刻，把作业的疲劳一扫而光。又有了年轻的活力。

按当时要求，工地施工一律昼夜不停。春夏秋冬不停。年年月月不停。风雪无阻。所以，实行三班倒。每个组轮流在白班、中班、夜班中循环。三班倒中，最怕的就是凌晨时分接班，至次日早上八点下班的夜班。

上夜班，有"三难"。一是从驻地褒谷口镇，往工地的半山腰走。五里多路，从营地出门，走一里多平路后，就开始爬坡上山。一进山口，爬坡而上，全是布满荆棘、茅草的羊肠小道。稍有不慎，一脚踩滑，就会坠入河中。夜路上，大家手牵手，打着手电筒，深一脚浅一脚、高一步低一步，小心翼翼地往工地奔。四里多的山路，往往要走近一个小时。所以，上夜班，晚十点就要集合出发，才能保证凌晨正点接上班；二是大夜班没有夜宵，送餐只在白班和中班。所以，大夜班只好在深更半夜，最困、最饥饿、最累的时候，强打精神。在干活中用累去代替饿，忘记饿；三是生物钟颠倒。人在困、累中，又作息颠倒，白天睡觉，成天都处在头昏脑涨、昏昏欲睡中。往往，集合的哨声像在梦中。在如梦如幻中，起床，上工了。

三年多的水利工程，最难熬是夏天的暴雨，冬天的雪霜。遇暴雨，天天踩的黄沙路已在深一脚浅一脚中，变得泥泞而溃烂。一步一陷，一脚一抽，才能踽踽而行。冬天，路面霜冻，踩上去，坚韧光滑，寸步难行。一脚不实，轻者摔倒骨折，重者掉入身旁的悬崖。

一晃，一年多时间过去了，隧道打通了。第一阶段工程结束了。随后，进入第二阶段：砌涵洞。连里成立了运料、修砌两个班。妈妈在运料班。主要任务是，从山下河床往山上挑沙子、扛石头。这时，是常白班。早出晚归，定量完成。

从早上八点，常常要忙到傍晚时分。紧赶慢赶，才能完成当天的任务。如果哪天身体稍有不适，行动慢了点，就要忙到夜里八九点。

挑沙子，两个肩膀上虽然垫着肩垫，但，双肩上早已磨了一层厚厚的茧。一挑，就是一年多。母亲的双肩骨，在事后多年一次肩痛拍片中知道，当时已压得骨裂变形。人年轻，挑沙任务结束后，自己慢慢愈合了。

让母亲记忆犹新的是，入冬一天，背石块上山。

当时，山路结满冰霜。背着一块六七十斤重的石块，得处处小心。快到山腰时，沉重的石块让母亲早已头昏眼花、双腿酸软，挪一步都困难。忽然，眼前一黑、身不负重，母亲生生被扛在右肩的石块一屁股"蹾"在了山坡上。瞬间，石块从母亲右肩滚到右胳膊上，然后飞下悬崖。幸亏走在母亲身前身后的工友及时拽住母亲，才让母亲幸免于难。

工友们马上送母亲去医院治疗。医生对母亲右胳膊拍了片，按粉碎性骨折进行了处理。处理后，年轻要强的母亲拿上药，没有休息一天，又归队了。三十五年后，母亲因髋关节、腰等经常疼痛难忍，已到无法行走的地步，去北京协和医院就诊，才知道当年母亲的一"蹾"，"蹾"裂了右边胯部和腰尾骨。当时，只是隐隐作痛。年轻的母亲忍痛吃了一阵止痛药后，骨裂慢慢愈合了。如今，年龄大了，"蹾"坏的骨每遇天气变化都疼痛难忍。

而今，每当站在褒河大坝上，看着清凌凌的渠水，望着巍峨的大坝，见证大坝下奔涌的河水养育着数万万百姓，母亲所有的痛都消失了。

她又像回到了当年，大年初一冒着纷飞的大雪，唱着激昂的革命歌曲，上山除石渣、运石块的激情年代。

母亲为自己参加了这一宏伟的工程、造福人民的工程、有历史意义的工程，感到无比的骄傲和自豪。

旱地成良田。清澈的渠水、笑弯腰的稻穗、香喷喷的白米饭，甜在百姓的心里，驻荡在山河岁月，飘荡在母亲的心里。

甜甜的，终生难忘。

火旺灶膛

　　望着灶膛里，燧人氏赐予人间熊熊燃烧、越烧越旺的火，看着锅里沸腾着的神农氏尝百草、带给炎黄子孙的谷物，父亲的内心像火红的火苗，炽热而光芒四射。

　　这是父亲砌的抽灶。抽灶灶膛里的火，像他旺盛的生命。火苗欢腾、争相上蹿，把灶膛上的锅底烧得红彤彤的。尽情让锅内的食物散发出沁人心脾的香，弥漫着整个灶房。

　　这是上个世纪七十年代初，国家提倡农村家家户户建抽灶——竖起高高的烟囱，把柴火改为有烟煤，提高做饭效率的成果。

　　当时农村，家家户户做饭都是柴灶。柴灶，没有烟囱。煮饭，柴火放进灶膛，靠烧火人手持"吹火筒"吹出的风力把火苗吹旺。一会儿，整个灶房吹得烟雾缭绕。也把做饭人和烧火人，呛得干咳不止、喘不上气。所以，改制经济实惠、利于健康的抽灶，是政府推进农村建设的好举措。

　　但是，这一举措要普及到陕西汉中十八里铺的沙滩村，还要等些时日。

一日，在村上劳动的"右派"父亲，参加了抽灶政策宣讲会。知道了上级正提倡抽灶。回家后，默默把记在心里的宣讲内容，一一写了下来。之后，兴奋地告诉母亲，他要动手建一台抽灶。

母亲听后，半信半疑。让父亲考虑清楚。

父亲见母亲的态度，有点犯难。他想，灶对家家户户来说，太重要了。拆了柴灶、砌抽灶，自己行吗？一天能建好吗？建不好，一家人煮饭怎么办?!

想着想着，父亲记起刚打成"右派"时，碰上大跃进、人民公社吃食堂。他被派到大队部，给建土灶的朱师傅打下手时的情景。

土灶，也是带烟囱的。只不过，烟囱不高，只管冒烟，不抽风。不会自动形成风力，把灶膛的火抽旺。但是，抽灶与土灶，砌的工序应该是一样的。只是在抽风上，有技巧而已。好好琢磨琢磨，再把宣讲员介绍的抽灶性能结合起来，说不定自己还真能建一台抽灶。想到这，父亲有了信心。

就这样，夜深人静，父亲边回顾宣讲员的话，边思考朱师傅当年建土灶的步骤，在一张白纸上开始画起了抽灶的图形和建造步骤。

首先，选灶房的墙角，拿出一大一小两口锅。大锅在前，小锅在后。中间略有距离。小锅靠墙角。把两口锅的位置，画上线。然后，搬出土坯沿线砌灶筒。高约六十厘米，口径按两口锅直线外围宽度砌。然后，按长方形在灶筒外砌灶边。修两口锅的圆形灶面。其次，在大锅底部下挖三四十厘米深的坑。后，在小锅背后的两边墙顺墙往上砌烟囱。烟囱为正方形。下粗上细，喇叭状。逐步收缩。砌到房顶后，按收缩的口径在房顶掏出洞，用砖块继续往上砌。砌到六米以上，止。再后，在大锅下修灰坑和放置灰篦子。两者正好相反。靠近烟囱一方，灰篦子前高后低。灰坑，前低后高。这样，抽灶建成。

第二天一早，兴高采烈的父亲说服母亲，便把家里的柴灶拆了，拿上正使用的大锅和一口小锅，开始建起了抽灶。

折腾了整整一天，基本完工了。惹得左邻右舍都来看热闹。但是，怎么点火，灶就是形不成风力。与柴灶区别不大。偶尔，灶内的烟雾还会弥漫到灶房。火苗根本上不来，灶烧不旺。火势始终断断续续。烧不开水，做不了饭。急得父亲直跺脚。

怎么办？怎么办？急中生智。

父亲想到，曾在大学读到一本风能学的书。书中介绍风力原理时说，当较轻的热空气上升时，较冷的空气会快速流入，填补热空气留下的空白，形成风。所以，父亲马上从灶口入手，把灶口上沿的砖慢慢削成一定坡度。一次、两次、三次……经过无数次的削砖实验，终于在凌晨时分，父亲只在灶口点燃一张纸，"哧"的一声，就被强大的风力吸入灶膛，瞬间化为灰烬，随烟囱升空。

这时，父亲一看，砖削成的斜度为六十度以上。终于成功了。

第二天清晨，当父亲砌的抽灶第一个耸立在村庄，冒出袅袅炊烟时，全村三十多户人家的老老少少，一传十、十传百，都来看稀奇。

当着大伙的面，父亲自豪地把熔点低、不易燃烧的当地勉县有烟煤和成糊状，一小铲一小铲，铲入灶膛内。

顿时，火借风力，风吹火势，不一会儿，红中泛蓝、蓝中透黄的火苗，便一簇一簇在灶膛内升腾、飘荡。把锅底染得赤红。

火光，把英俊的父亲照得血气方刚、光彩四射。更把锅内的红薯煮得香气四溢。把在场的乡亲们，勾得艳羡不已。

就这样，父亲的抽灶砌到了村里的家家户户。还被大队和邻村请去做技术指导，为国家推广抽灶发挥力量。

灶火，点燃了灶膛，点亮的希望，温暖了困苦年代的人生。

而今，虽然抽灶早已远去了，但抽灶年代自力更生的奋斗精神，一直激荡着一代代人在燃烧生命，发光发热。

希望，就像灶膛之火，点燃生命，照亮人生。

在奋进的全民小康征途上，生生不息。

墨斗往事

"墨斗是什么，你知道吗？不知道吧！不知道，还想当木匠?!"

这句刻骨铭心的话，不时在九旬父亲的记忆中响起。让父亲时不时回忆起，学木匠、做木匠活的旷逸人生。

事后，父亲才知道，做木匠的第一步，就是准确使用墨斗画线。俗话说，"小木匠的料，大木匠的线"。学会墨斗画线，以正曲直，才能干复杂而精细的木工活。

那是上个世纪六十年代的往事。被错划为"右派"，下放生产队劳动不久，父亲接到生产队队长的指令："每年完成一头一百多斤重的生猪交公任务。"

这一下，父亲犯难了。

养猪需要猪舍。在陕西汉中叫猪圈。即给猪一间小房子。自己下放来到村里，刚刚修好五间大小不一的土坯房。住着岳父岳母、自己和妻子，还有刚出生不久的女儿。已经够拥挤了，还要给猪安个"窝"。"窝"，安在何处？

但是，工作任务是"雷打不动"的。必须完成！容不得半点马虎！

　　左思右想，父亲在小院的西边，划出一块自留地。自制土坯，垒起了坐南朝北、约十平方米的猪圈。猪圈盖好了，需要安装木框门，便去请木匠来家里帮工。

　　那个年代，"右派"像瘟疫，人人躲着。谁还会上门来帮工！

　　住在家屋后，姜家大院的，村里的姜老木匠，不但拒绝了帮工的请求，还对想学习木工的父亲轻蔑而嘲弄地说："四体不勤、五谷不分的'书呆子'，你是大学生，是读书人，墨斗是什么，你知道吗？不知道吧！不知道，还想当木匠，还想拜师学艺?！"

　　是呀，"书呆子"！

　　姜老木匠只知道父亲是大学期间被打成"右派"，下放劳动的"书呆子"。不知道父亲是烽火岁月参加革命的农村娃。更不知道父亲是工作期间考上大学的社会青年。

　　父亲更不是老木匠想象和说的，是从父母"安乐窝"里走进校园的"书呆子"。

　　闻听姜老木匠的话，父亲也在琢磨，下放到村上一年多了，村里人都把他当成"书呆子"，处处都在观察他的一举一动，自己什么时候才能融进火热的农村大家庭？与农民兄弟们打成一片？成为他们认可的庄稼人呢！

　　想着想着，父亲暗下决心，就从这次学木匠、干木匠活开始吧。

当时，农村里小到扁担、水桶、小凳、方桌、床、架子车，大到修房装梁、安门立框、打造家具，小木匠大木匠的活，天天可见。家家修修补补，添凳添桶的事儿少不了。所以，一个称职的庄稼人，不但会种庄稼，还是多面手。多面手中，小木匠的简单活计，谁家的男人都会一点。因而，自己只有学会木匠活，才算一名称职的庄稼人，才能在劳动中锻炼成长。

真正动手，父亲犯难了。

他这双参加革命拿枪，转战政法机关拿"刀把子"，后，在自己又以文科状元考入陕西师范大学后拿"笔杆子"的手，能如老木匠所说，端起墨斗画线、弹墨，操锯弄斧，成为一名木匠吗？

压力变动力，功夫不负有心人。

父亲厚着脸皮去向姜老木匠请教，老木匠不见。他便起早贪黑，在姜家大院"偷艺"。

每天一大早，姜老木匠就开始了墨斗生涯。父亲便悄悄观察，默记于心。回家，一点一点记下来。再反复研读、琢磨。就这样，一晃一个多月过去了，父亲的小本上密密麻麻记录下了木匠活的"秘籍"。经过斟酌、消化，慢慢地，父亲也理出了老木匠话的深意。明白了木匠的最基本要求：木匠活好干，线难下。即做好木工活的基本功，就是精确使用墨斗画线。"巧手不如家什妙，木匠不木匠，全凭好作杖。"这个作杖，就是墨斗。

墨斗再好，还要人来施。父亲又经过十余天的观察知道，刨料，是小木匠的基本功。小木匠拿着墨斗画线，是以料上下两个面为依据，单眼从料的一端，画出直吊线、弹线，依线削出的木料才直、方、平。才合格。这样下来，画的线才准。线准，才能保证下道工序加工的精度。

大木匠却以线为准，把墨线分为中线、水平线、尺寸线等，在制作梁、柱、椽等时，先在木料上弹出中线，然后根据中线操作下一道工序。施工放样、大木构件画线时，还要弹出水平线和尺寸线。大木工程，有了这些线，才能施工。所以，大木加工，墨斗放线也是关键一环。

渐渐摸索出墨斗常识时，父亲便购置回墨斗、锯子、斧头、凿子、鲁班尺等基本工具，开始了自学成才的木匠人生。

首先"牛刀小试"，把十万火急的猪圈木框门做了。

父亲把小院里自种的，已长到碗口粗的柳树砍下，开始像模像样地画线、裁锯、钻孔、凿槽，边做边琢磨。不出两天，散发着柳木清香的猪圈门就做好了。安装上，正好。结实的木门，一直伴随父亲平反昭雪，离开这个小院。

父亲说，那时做木匠，没有图纸。市面上，也买不到介绍木工活的书。打制常用的农具、家具，修房、装梁等，全凭木匠的技艺和胸中的"图纸"。所以，木匠在农村不但显得"金贵"、神秘，而且在常人眼中是高不可攀的"鲁班"再世。

这也为父亲进一步做好木匠活增加了难度。父亲知道，要把木匠手艺真正学到手，做个猪舍门只是开始，后面还需艰苦的努力。

父亲按照胸中的谋划，开始了广泛的"偷艺"。

他做出木框门后，被村里人知道了，更被姜家老木匠知道了。姜老木匠以"卖石灰，见不了卖面的"嫉妒和提防心，布下了"天罗地网"，防止父亲再去"偷艺"。

父亲只好利用一切可以利用的时间、地点"偷艺"。但此时，"偷艺"也不是刚开始了。父亲开始琢磨起各式家具、工具等结构、尺寸大小，是在"偷图纸"。

不管走到哪儿，父亲都会拿出尺子量、取出小本子记。把每一样所见的木制品的大小、尺寸、结构、用料、卯点等，一一记录下来。回家，再整理，画出图形。

就这样，父亲在两三年里，把农家人经常用的木犁、风箱、半桶、木桶、木盆、洗衣盆、木勺、凳子、椅子、桌子、柜子、床，以及修房建屋的门、窗、梁、柱等，木工工艺搞得清清楚楚，烂熟于胸。

照着"偷艺"的知识，父亲开始做实验。把只有两张床、一个饭桌、四把椅子、两个储粮柜的家，通过双手，打造得桌椅摆设等，样样齐全。

几乎每天，父亲通宵达旦地锯木、凿孔、镶卯、钉条，也引来了左邻右舍、村里男女老少的好奇和围观。渐渐，村里村外都知道出了个鲁木匠。可以帮他们修房造屋，打造家什了。都从质疑、笑话，到奇怪、羡慕。最后，有人把父亲的姓与木匠鼻祖鲁班联系到了一起，传说父亲是"鲁班下凡"，是"墨斗神"再世。

这种传说，越传越离奇。传说中，父亲也有求必应。免工为村里村外的好多人家，打农具、做家什、修房子。成为村里第二个人人敬慕的木匠。

而今，几十年过去了，父亲每每想起自己的"墨斗"人生；想起自力更生，偷师学艺；想起为乡邻们打造出一件件粗糙但不失耐用，青涩但充满温情的农具、家什、房舍，他心里总泛起会心的笑。

他骄傲，在他人生壮年时，曾隔空与鲁班对视，把春秋时代鲁班创造发明给华夏儿女的天工开物，实践在自己的生命里，长在自己的记忆中，并造福了陕南那个村庄的黎民百姓。

这些记忆，弥足珍贵，让人旷朗无尘，静水深流。

雪里送炭

"雪里难逢送炭人，地炉炙手便生春。"这是宋代诗人韩元吉，讴歌送炭者"炉中灰复燃""炭火天地春"的诗句。

在年逾九旬父亲的记忆里，就有一段雪里送炭的往事。

那是六十多年前的事。

当时，刚刚被错划为"右派"的父亲，被下放劳动。第一站，就是随二十多名同为"右派"的伙伴，去黎坪大山里送炭，采花椒，挖天麻。

黎坪，位于川陕交界的大巴山腹地——陕西省南郑县元坝镇。是集水、林、石、田园等为一体的山区。海拔三千米，占地九千多公顷，是深山河谷的原始森林。古木参天、奇石林立、山峦叠翠、沟壑纵横，千层岩两岸势如剑开，一山一势，倾绿泻翠，被称为东方瑞士、碧水天堂、巴山深处的绿色明珠。

上世纪五十年代末，父亲他们一行来到了这里。

时逢早春，花椒还未开花，天麻也未抽苗。第一项任务，就是在春寒料峭中送炭。送炭，分为两个阶段。一是把山上烧好的炭背下山。二是次日，再把背的炭从山里送到指定的集镇上。

唐代诗人白居易在《卖炭翁》一诗云，"满面尘灰烟火色，两鬓苍苍十指黑"，描述烧炭的不易。送炭，把烧好的炭背下山，再背到指定的位置，也充满了艰辛和不易。

烧炭，是送炭的第一步。

当时，他们劳动的村叫菜家坝村。在剑开千层岩的东南角。烧炭的窑，建在这座山西北角的半山坡。烧炭，对木料有讲究。以长在密林里的青冈树为主。窑，是弯弯曲曲的长方形。选在山坡上，密林的中间，是崇山峻岭中的奇中之奇。

烧炭先要伐木。要在青冈树中选细不过小碗口、大不过大碗口的树为主。砍伐回后，竖到窑中。一根紧挨一根，排列到洞口。后，点火烧。两三天后，无青烟冒出，把点火口封上，即可闭窑。一周左右，出炭。

这时，将烧好的根根色泽鲜亮的黑色炭棒，装入上大下小的喇叭形背篓里。然后背上背篓，沿北山坡绕到南山坡的东边，下山回村。

一出菜家坝村，走一里多路，就是入山口。入山，从东南山脚下一步一步往上爬，边爬边绕到西北角的半山腰，正好把整座山绕了一圈。约有二十多里山路。全是陡峭的山。不断向上爬。从小住过山，烽火硝烟中扛枪、参加革命的父亲，见到奇石险峰的上山道，心里也有些犯嘀咕。

巴山的山路，以碎石夹杂沙土为主。所谓的路，是长满了荆棘、杂草、小灌木的不毛之路。

早上太阳刚刚升起，父亲他们就出发了。跋涉两个多小时，到达炭窑。因是第一次背，村里的老社员们每人都装上了近三百斤，只给父亲装了百十斤，不到老社员们的三分之一。当时，一股英雄主义劲儿的父亲还嚷着让多装点。认为装得太少了。认为自己年轻力壮，又有住山的经验，多背点算不了啥。

没想到，第一次背就给了父亲个"下马威"。从此，父亲"老实了"，再也不敢小觑背炭了。

背上装了一百多斤炭的背篓，一起步，就让父亲知道了常言说的"上山容易，下山难"。

首先，是长一点五米多的炭装在身后的背篓里，比头还高出三四十厘米。每走一步，高出背篓的炭，就随身子晃动，在头上不断"点头"。使人感到无比地压抑。其次，是整个背篓的惯性不断把人推着向前倾。脚下又是荆棘、杂草，不时绊脚。人的身子又伸不直。可以说，是举步维艰。

刚刚走了不足千米，父亲稍一弯腰想舒缓点，突然感到身后背着的炭如千斤压身。一下子，连人带背篓就被压趴在陡峭的山坡上。幸亏脚下的荆棘绊住了脚，才不致滚下山。

见状，社友们赶紧帮父亲，把背篓中的炭取出，取下背篓，挽扶起父亲。幸好，人无恙。

社友告诉父亲，下坡千万不能弯腰，身子要挺直，向后仰。脚跟要先着地，再慢慢把脚掌放下。后脚跟前脚，一步一个脚印，才能防止摔跤。同时，千万不能踩草棘。踩上打滑，也容易摔倒。

社友们的一番良言，父亲牢牢记在了心里。第二次背，重量增加到了一百五十斤，并一直坚持这个重量，父亲再也没有出过差池。

就这样，经过四个多小时的辛苦劳作，他们背着炭，回到了驻地。

背炭的难，才刚刚开始。

半年多时间，天天背着一百五十多斤重的炭，日复一日，月复一月。慢慢，百斤犹如千斤。每日背炭途中，如千斤的炭压得人实在喘不过气，挪不动腿。背痛、腰酸、腿软，实在撑不住了，就要稍作休息，缓一口气。

缓一口气，很讲究。一是选地。要找台阶，能放背篓在台阶上负重，背篓不离身，人才能缓口气。二是"打枚"。在较为平整的地上，将随身带的"T"形拐杖撑到背篓底，不"吃重"，双腿稍作休息。但是，如果

"T"形拐杖放不稳，会摔倒。这是找不到合适的台阶歇脚，万不得已的"缓口气"方式。平地上歇脚，都是"打枚"。每次一分钟的"打枚"，换一口气，会让人有死里逃生的感觉。

有时，实在累得走不动了，又找不到较为平整的地"打枚"、歇歇脚，只能强忍着一身沉沉的酸痛，咬紧牙关，眼眶里含着泪水，往前跋涉。

背炭下山，二十多里的路，步步维艰。但把一背篓炭，由菜家坝背到一百里以外的新集镇，可谓九曲十八弯，难上加难。

从菜家坝出门，走一里多的路，就要翻越十多里的"黑石头梁"，进入一段平地"麦子坪"；再经过"黑洞子""仰天窝"，到达"跑马梁"；再走"九道拐"，迈过"大干沟""野炉村"，进入"黄家槽""大坝上"……最后，到达新集镇。

一路上，弯弯曲曲、高高低低、上上下下、沟沟坎坎。爬山过河。高一脚、低一脚。每天往返二百多里。天不亮出发，夜晚九、十点归队。尤其去时，身背一百五十多斤的炭，在崎岖不平的丘陵行走，每走一步，都大意不得。遇平地，迈步要稳；上坎，身子要前倾，脚尖先落地；下坎，脚跟要先着地；遇沟，要掌握好身体平衡；拐弯，要鼓一口气，搜紧背篓，防止晃动等，才能如期、安全，把炭送到目的地。

这种日常，如遇风、雪、雨等特殊天气，便"要了命"。

一天清晨，父亲他们背着炭，刚刚走到"黑石头梁"的坡顶，天空便飘起了小雪。冒着零星的雪花，刚下到坡底，小雪转成了大雪，并夹杂着冰雹；走出不到两里地，大雪又与倾盆大雨齐下。瞬间，吸足了雪水的炭，重量猛增，如巨石压身。少顷，两脚便迈不开步。铺了黄土的碎石乡村公路，也变得泥泞不堪，挪不开脚。头上，雪雨倾盆。把混杂着汗水、雪水的衣衫，浸得透透的。随着大暴雨，一起往下流淌。倒春寒中，雪的刺骨，更把人冻得失去了知觉。被雪、冰雹、雨水撞击、冲刷着的脸颊，胀痛胀痛的。走到"仰天窝"，实在坚持不住了，只好寻一小店住下。

一进店，把流淌着雪水的衣服脱下拧干，问店员要来水缸里储存的山泉水，"咕咚、咕咚、咕咚"，猛喝两三大勺，慢慢，人才在极度困累、疲乏的状态中，缓过神来。小住一晚，次日天气放晴，又赶紧往新集镇送货。

炭满炉红，炉火照天地。

送炭的日子，虽然早已成为过往，但，正是这段日子，练就了父亲勇于吃苦、敢于吃苦、不怕吃苦、善于吃苦的优良品质。

炭火，点亮了父亲的革命情操，照亮了父亲的大爱情怀。

红红的炭火，让父亲的人生也更加灿烂。

平反昭雪后，父亲把送炭的这股子革命激情用到了他的政法岁月中，屡立奇功、创佳绩，成为同事们的楷模，一直到荣退。

月亮走，我也走

每当月亮高高挂在夜空，京华大地一片银装素裹，坐在窗前的我便不由得想起童年时期那段月亮走，我也走的往事。

那是上个世纪七十年代中期。每当入冬，整整一个冬天，童年的我和少年的姐姐，就会伴着月亮，随父母去巴山拾柴。

我老家在陕西南部汉中，北依秦岭、南临巴山，长江最大的支流汉江穿城而过。四季分明。是天然盆地、塞上江南。

汉中属亚热带气候，降水量分布悬殊。以南部巴山最为丰富，是陕西之冠。每年入冬，巴山阴冷、潮湿、干燥并存，不时有雨夹雪飘扬，是一个难熬的季节。

那时，我们一家六口人随"右派"父亲下放"劳动改造"。居住在距市中心十八里的一个小镇。在汉江的北岸。江南，便是横跨陕西、四川、湖北三省交界的巴山山脉。巴山，既是嘉陵江、汉江的分水岭，也是四川盆地和汉中盆地的地界线。是中国亚热带、温带多种古老植物发源地之一，森林覆盖率达百分之七十以上，是中国的原始森林之一。

当年，烧火做饭主要靠麦秆和稻草。没有煤炭。这样，一部分家庭的柴火就成了问题。民以食为天。在难熬的冬天，大部分人家去巴山拾柴，便成为解决"食"的头等大事。我们家，只有"根红苗正"的母亲一人的工分能分得柴火，缺口就更大了。上山拾柴，也成为我们家的"天大之事"。

从小镇到巴山拾柴，要走六七十里的泥沙路、沙窝路、水路、盘山路等，需五六个小时。每天凌晨一点多，正是睡得香甜的时候，母亲便起床做饭了。做好饭，喊父亲、姐姐、我起床吃饭。吃完，马上赶路。只有这样，才能赶在天亮时到达拾柴的地方。才能时间充足，拾到六七捆柴火。

每天的饭，都是菜菜饭（一半大米一半蔬菜）。吃一半，另一半用一大瓷缸盛上，带到山里中午吃。上路，父母拉着架子车，我和姐姐坐车。车上，带着拴柴的草绳、割柴的镰刀、搂柴的耙子、给架子车打气的气筒等，顶着月亮出发了。

那时，一个冬天，皎洁的月色特别亲切。十天，有八九天都悬挂在夜空。温馨、柔美，亮丽而圣洁。为我们指路，为我们开道。为我们营造出自由自在、无忧无虑、心旷神怡的劳动气氛。

每天起早贪黑，只休息四五个小时。但是，顶着月亮出门、带着月亮回家，特别精神。从来没感到辛苦、困乏、疲惫。天天在月亮的陪伴中，像在童话的世界里采摘、运输、奔走，乐此不疲。

凌晨，拉着架子车一直往南走。首先，走近十里的泥沙路，到达"迴龙寺"。再走两里多的沙窝路，到达汉江边的渡口——"新渡"。汉江江面，宽约五百多米。到了冬天，河水沉落，涉水部分也达一百多米宽。河面上是一座独木桥，宽约一米多，刚好能过一辆架子车。过完桥，再走约两里多沙窝路，才能到达南岸。

继续往南，可到达"山口子"。"山コ子"，是一个住有五十多户人家的小集镇。也是进出巴山的必经之"口"，因而得名。再走约二十里，经过"柳树沟""一窝羊"（听说居住着的几户人家都养羊），便开始进山。

往正南，是"苟家湾""毛家河""黄泥岗""二里坝"；往西南，是"马鞍山""猫耳庙""钢家河""端端沟"。都是山路，起起伏伏，坡越来越陡。一般情况下，是往西南再走二十多里。因为往西南的距离、地形、植被等，易于拾柴。

经过四五个小时的奔波，天刚蒙蒙亮，终于到达西南的"猫耳庙"或"钢家河"等地。这时，每个人的头上、脸上都是一层白白的霜，像被月光洗过、洁白而纯美。

按照分工，父亲一路，母亲和姐姐一路，上山寻找公坡（集体坡地）拾柴。拾柴，主要用耙子耙松树落下的松针、松毛、树叶，用镰刀收割茅草、不成材的杂树，捡树上掉下的枯枝等。然后，用携带的草绳捆成捆，每捆约七八十斤重。

一晃，临近中午了。爸爸、妈妈背着劳动"果实"，和姐姐一道下山与我会合。那时，七八岁的我，主要是看好架子车。一般情况下，上午能拾四大捆，下午再拾两三捆。会合后，赶紧吃带来的菜菜饭。吃完，喝几口小溪里的山泉，上山继续拾。

下午三点多，拾柴结束。把一天拾到的六七捆柴，整整齐齐码放在架子车上，用绳子牢牢拴死。赶紧启程。而且，脚步要快。要赶在五点天黑前，到达汉江，准备过江。

过江，是最考验人的时刻。俗话说，隔山不算远，隔水一步难。那时资源不发达。晚上，桥上没灯。只有两岸渡口的收费处，各有一盏马灯。加之桥面窄，刚好能过一辆架子车，桥板大小不一、缝隙大等，走一百多米长的桥面，成了"步步惊心"的"死亡线"。

所以，过桥，一定要赶在天黑之前。

过桥时，一是拉车人要背向前、面朝车子，两眼紧紧盯着车轮，一步一步倒着往前挪，防止车轮掉进桥板的缝隙中。二是双手紧紧抓住车把，防止车左右摇摆，造成翻车。三是防止车轮跑偏而滑进江里。与此同时，要掌握好平衡。防止车在桥面颠簸中车上的柴"走路"，致使车重量失衡而翻车。真可谓，眼观四方，步履维艰。小心翼翼，蹑手蹑脚，惊心动魄。

一百多米长的桥面，往往要走半个多小时。

过桥前、后，走江两岸五里多的沙窝路，也是"高光时刻"。

沙窝路，以细软的沙子为主。一踏上去，脚和车轮便会陷进去。可以说，"步步千斤"。既要吃力地把脚从沙窝里抽出来，一步一个脚印前行，还要使劲地把车往前拉，一点一点地挪，更要掌握好车的平衡，防止倾斜、翻车。五里多的沙窝路，不比唐僧师徒们过"火焰山"轻松。

每次从沙窝里走出来，都如释重负。

俗话说，上山容易，下山难。背着柴火下山，也是"步步维艰"。

中午以后，随着太阳的照射，山路开始解冻，走起来既湿又滑。这时，身背七八十斤重的柴下山，需要技巧。背要稍稍向后倾，始终不能弯腰。一弯腰，背着的柴就会跟着身子往前"窜"。人，就会跟着柴一个跟头"栽"下去。所以，背稍稍向后倾，即使栽倒，身子也会倒在柴上。另外，脚跟要先落地，之后，脚掌再慢慢落地。一步一步，扎扎实实。防止脚踩滑踩空，连人带柴滚下山。

过完江，走完沙窝路，太阳已经落山。小路两旁的袅袅炊烟已从星星点点的人家升起，夜色已渐渐洒在村庄小镇。回到家，已是晚上七八点了。卸下拾的柴，堆码在院子里，又开始准备第二天的行装了。

就这样，十余年如一日。通过艰辛的拾柴之路，解决了生活所需。

而今，拾柴的日子早已成为过往。天然气、沼气，早已替代了煤炭。天堑变通途，飞跃汉江的京昆高速公路，早已将昔日过"新渡口"的惊心动魄，化为从容淡定、安心舒心之旅。

然而，捡柴岁月留给我的不畏艰难、积极向上、百折不挠，勇于拼搏、勇于胜利、勇往直前、永不言败的精神品格，一直种在我的心里，历久而弥新。

布满老茧的手

这是一双，布满老茧、皱褶的手。岁月流转，又平添出几许干枯嶙峋、粗糙。然而，正是这双手，历经风霜、经受风雨，托起希望、撑起生命，让我们一家六口人健健康康走向了新时代，跨进了今天的小康生活。

这双看似丑陋、布满老茧、大而粗壮的手，给艰难岁月的我们带来希望，带来冬暖夏凉，生活无忧，快乐幸福。

这双手，就是年逾九旬父亲，在苦难年代，天天编土笆，走过人生最困苦年代的手。

每每看到这双见证岁月、温暖人生，尝尽人间冷暖的手上，一层层，削了又削，长了又削，像雨后春笋削之不去、去之又长的一个个老茧，都让父亲不由自主回忆起编土笆的似水年华。

那是上世纪六十年代末，被错划为"右派"，下放劳动的父亲，天天要参加农田基本建设和农业劳作。土笆，便成了天天相伴、月月相随、年年不离身的必备劳动工具。

土箕，又称粪箕。是用竹篾、柳条编织而成，状如今天的垃圾筒。但有提手，是双耳。主要用于挑粪、挑土、挑沙子、挑石头等，是种田修渠、开山修路、施肥扫除等"宝物"。家家户户，每个劳动力，都要准备一对。

一年下来，一个劳动力最少要用坏两对。按当时市面价，一对土箕需一元多人民币。对每个家庭来说，都是一笔不小的开支。当年父亲是劳动改造，劳动基本不计工分，没有酬劳。仅凭母亲一人劳动的工分能分得口粮。但是，各种劳动都需带土箕，而且始终是父亲打"前阵"。所以，一年下来，父母要用坏七八对土箕。没有任何收入的父母，根本承受不了。

活要干。工要出。土箕要用。然而，土箕不会像神笔马良在墙上一画就长出来。也不像宝葫芦的传说，父亲许愿宝葫芦就会帮父亲变出来。

看着一对对从青绿用得发黄发黑，竹篾疏了请人再补、边框青皮扎了又捆、提手断了又补，实在是装上东西一挑起来，就稀稀拉拉的在身后撒下一串粪土沙子等用坏的土箕，父亲天天犯难。而且，一上工，就被生产队长盯上了。

一天，父亲在用坏的土箕底部铺上废纸，走着走着，双耳断了。一个跟头，连人带土箕摔到了地上。父亲欲哭无泪，欲诉无门。

见状，生产队长冲上来一顿责骂。后，罚父亲把耽误的工补上。不然，不能回家。

怎么办？眼看小小土箢，已成父母生存的大难题。每天开门第一件事，就是要挑着一对土箢出工。必须解决。不然，今后的路怎么走下去！

"世上无难事，只要肯登攀。"毛泽东在《水调歌头·重上井冈山》的诗句，在父亲耳边回响。他毫不犹豫地决定，自己编土箢。

当父亲把想法告诉母亲，立即得到母亲的支持。母亲昼夜不停做了五双鞋，让父亲带上。鼓励父亲去六十多里以外，巴山腹地的二里坝，拜匠人杨国忠为师。

杨国忠，是上世纪三十年代初，外公外婆遭受大饥荒避难时的恩人。是个竹器、木工、瓦工等，样样精通的能人。

雄奇的巴山盛产水竹。水竹，竿高五六米，竹节长约三十厘米、粗三厘米、壁厚三到五毫米，无斑点、韧性好，绵软，竹竿直且平。是编制竹器的上等材料。杨国忠家的山前屋后，长满了这种竹子。

盛夏的早晨，父亲带上母亲做的五双布鞋，购买的篾刀、手套等出发了。经过三个多小时跋涉，汗水浸透了衣衫，双腿走得沉沉的，终于来到半山坡的杨国忠家。

一眼望去，在一条溪水流动的十间大开间屋的墙上、院坝里，挂摆满了土箢、竹篮、竹筐、竹蒸笼、竹耙、竹席、竹凳、竹椅、竹扁担、竹扫帚等竹制品。

忽然，明代诗人王叔承的诗句"野水平溪桥，波翻蓼花乱。斫竹编青篚，门前开蟹簖"，在父亲脑海里闪现。他感叹，自古被称为君子的竹子，经匠人之手，如此多姿多彩，淡雅精致。真是"小桥、流水，竹器波闪映清欢；山野、人家，匠心斫竹门前春"，让人敬畏而欢喜。

杨国忠见到父亲，兴奋地说："早晨就听树上喜鹊叽叽喳喳叫个不停，就知道有贵客到访，果然灵验。"说着，激动地拉着父亲的手，把父亲引到了正屋的竹椅上坐下。

父亲握着黢黑、粗糙，长满老茧，一个个小茧包像寸草不生的小山包的杨国忠的手，半天说不出话来。父亲心里知道，屋外挂满的竹器，就是这双手积日月之光辉打造出来的。既让人动情，又叫人心里酸酸的。

拉着杨国忠的手，父亲在惊叹之余，也暗下决心，要克服困难，把竹编手艺学到手。

听完父亲来意，杨国忠二话没说，就给父亲介绍起农用竹编的六大基本要领。一是破篾。用竹刀把竹子，对半等分。之后，劈成一根根一毫米、两毫米、三毫米不等的竹丝。二是启篾。用竹刀把篾丝的瓤，又叫黄篾启掉，只剩薄如纸的青篾。三是圆刀。用竹刀把青篾、黄篾上的棱角、竹节等刮掉，使篾条摸起来光滑、不伤手，有绸缎般的光泽和柔软。四是编织。根据所编器物，运用不同的编织手法，如平面编、立体编、经纬编等，编出器物。五是锁边。用青篾缠绕。六是装提手。按照实际需要安装提手。

父亲说，当时年轻气盛，求功心切，没等杨师傅说完，他就跃跃欲试，拿起竹刀劈一根五六米长的竹子。谁想，一刀下去，用力过猛，竹子开口了，扶竹子的左手被刀划破了。学编竹器，留在父亲手上的第一个记忆，是刀伤，不是茧疤。

见状，杨师傅赶紧替父亲包扎好伤口。接着，告诉父亲，第一刀，又叫开竹刀。是竹编手艺的过门关。一根长五六米的竹子，不论粗细，一刀下去，从中间一破为二，不偏不倚，竹子才能有用。不然，便是一根废竹。所以，很讲究技巧。要右手攥紧刀柄，左手拿稳竹子，眼睛瞅准竹筒正中，起手一刀。这一刀，要快、准、狠。一刀过关，劈成两半。才能把竹子破成可用的材料。

紧接着，杨师傅介绍启篾时，刀要利、手要稳；编织时，每条篾丝都要拽得紧而又紧，不留一丝缝隙。这样，编出的竹器才能吃力。装上东西也不漏，而且寿命也长。然而，正是这道工序最磨人的手。全靠手力把每根篾丝攥紧。所以，手上不掉几层皮，勒出一掌老茧，是做不了篾匠的。尤其做不了一个称职的篾匠。

杨师傅的话，句句长在父亲的心里。句句成了他学会篾匠活的金玉良言。就这样，三天一晃过去了，父亲按给生产队请的假，如期归队。

归队第二天，他和母亲各挑上了一对青绿青绿、崭新崭新的土篼出工，惹得生产队男男女女们观望热议。

　　之后，父亲的手上练出了一层又一层水泡磨出的茧。他也成为十里八乡有名的篾匠。让生产队三十多户人家，都用上了他免费为大家编制的土篼、竹篮、竹筐、竹蒸笼等竹制品。

　　让那年那月那个村的乡亲们，度过了难忘的兴修水利、改造良田、种植庄稼的，静水深流岁月。

红薯，心灵的底色

每天早晨起床，洗漱完毕走出卧室，白发苍苍的父亲就会马上揭开热气腾腾的锅，把蒸好的红薯装上满满一盘端上餐桌。瞬间，餐厅里便弥漫出清香甘甜、软软糯糯、沁人心脾的蒸红薯香。

红薯，是多年来父母的最爱，早餐必食；也是我难以忘怀的小时候味蕾的回归。

时间改变着一切，唯有红薯的香甜、柔嫩、美妙不会变。而且，时间越长，这种纯美越发甘甜四溢，沁心入脾。慢慢地，红薯从味蕾进入了心田，走进了心海，浸灌滋养着我的心灵，已成为我今生今世永远难以忘却的心灵底色。

孔子说，闻《韶》，三月不知肉味。而我们，可三月不食肉，但，一日不可缺红薯。

红薯，又称番薯、地瓜、红苕等，原产于拉丁美洲。十六世纪万历年间传入中国。据记载，当时福建华侨陈振龙到吕宋（现菲律宾）经商，引进国内。到清乾隆时期，乾隆颁布"敕直省广劝栽植"谕，很快成为中国仅次于稻米、麦子和玉米的第四大粮食产物。红薯富含蛋白质、脂肪、多糖等八种氨基酸和十多种微量元素，能增强免疫力、强身益寿等，是天然的滋养食品。是名副其实的"贵族食品"和"贫民食物"。历经岁月洗礼，经久不衰。

一个小小的红薯，记录着一代人的浅吟低唱，藏着父母的爱和心酸。记得那年初春，二月刚过，青黄不接之际，也是一年中"揭不开锅"的最难熬的日子。每年到这个时候，我们一家六口人的口粮就会"断供"。这时，"右派"的父亲便从镇上回到黄土高坡的老家去向大哥（我的大伯）借粮。一般情况下，大伯他们会省吃俭用救济一些。但是那年遭受旱灾，颗粒无收，唯有红薯生命旺盛，结出了丰硕的果子，能够果腹。然而，一个冬天过去了，大伯几家人窖藏的红薯也吃光了。只剩下腐烂的一堆堆流着黄褐色汁液的红薯，被大伯挑出来贴在院子的土坯墙上晾晒。

经过一个严冬的风吹日晒，这些烂掉的红薯已结成一坨一坨黑色的硬块。一般情况下，这些结成硬块的红薯干是大伯一家用来喂猪的。但是，灾荒年代，也是大伯一家的口粮。当时，父亲已转了一圈亲朋好友，大家都没余粮可借。只有大伯家墙上的这些风吹日晒的黑红薯干可以救急了。

怎么办？望着大伯院墙上贴着的一大片黑黢黢的红薯

干，经大伯同意，父亲毫不犹豫地一块一块抠下来，装进箩筐挑回了镇上的家。就这样，母亲把黑黢黢的红薯干一块一块地除去泥土，找来舂米的碓窝捣成粉，倒入锅里，加上水、酸菜和盐，煮出一锅又黑又苦又酸又涩，味道又怪怪的烂红薯糊糊，勉强度日。也就是这一筐烂红薯干，让我们一家人度过了"粮荒"。

而今想起来，真有些后怕！因为红薯烂了是不能吃的。有霉菌，是剧毒，对人体肝脏影响大。食用后，轻者胃部不适、恶心呕吐，重者可引起神志不清、抽搐昏迷，甚至死亡。幸好那些年月，人很"皮实"。胃是"钢铁胃"，身是"铜墙铁壁身"。吃了发霉的红薯糊糊，我们一家六口人只有过烧心、胀气、吐酸水等不适症，慢慢地就没事了。就这样，逃过了"粮灾"。健健康康活到了今天。事后分析，发霉的红薯干也富含多种人体所需的氨基酸和维生素，所以救了命。

"旧年果腹不愿谈，今日倒成席上餐。人情颠倒它不倒，自有真情在人间。羞为王侯桌上宴，乐充粗粮济民难。"这首打油诗，生动刻画出小小红薯连着的人生记忆，记录着它对人类永恒的爱——心底里尘封的红薯岁月是苦的酸的涩的，怪怪的！更是厌厌的！

从我刚记事到穿上军装，离开家乡陕西汉中起，对红薯都"刻骨铭心"。因为那时，一日三餐几乎顿顿是红薯饭。早上是红薯稀饭，中午是蒸红薯，晚上是红薯汤。

一天三顿，吃得令人"咬牙切齿"、反胃呕吐，吃得让人连打哈欠时呼吸出的气、放出的屁，都有一股浓浓的红薯味。

在汉中，红薯又叫红苕。所以，我们都被称为"红苕娃"。还有对智力发育慢的孩子，被人戏称为"冷红苕"而取笑逗乐。

但是，在那个物资匮乏、食不果腹的年代，有红薯吃还是上天赐予的"灵物"。红薯在救苦救难，在拯救人类！味蕾是厌而又厌，甚至如惊弓之鸟，见之闻之都避之不及！但是，心海告诉自己——肚子需要，咕咕叫的肚子需要！就是含泪吞下，肚子也是欢喜的！

所以，厌恶的情绪中，红薯的软香甘甜还是在心海里绽放着、荡漾着、美好着！

这种需要，随着岁月的流转，渐渐远去了！但是与"薯"有缘的我，在人生壮年时，在多年来未食红薯的情况下，在我从大西北调到南中国的海南工作时，又与"红薯"结了缘。

红薯在海南俗称地瓜。有一日去酒店就餐，当地朋友点了一盘炒地瓜叶，筷子夹起几束翠绿翠绿、枝小叶圆的叶子，一入口即清香四溢，回味中还有了小时候红薯的味道。一问，才知道是红薯叶子。在陕西，这种叶子是喂猪的。但在南方海南，一年四季潮湿温暖、长夏无冬，加之水土环境等不同，很适合红薯叶子生长。红薯叶富含丰富的叶绿素和膳食纤维，被亚洲蔬菜研究中心称为"叶菜皇后"。可炒可拌可烩汤，软滑爽口不失为一道美食。这次巧遇，红薯又回到了我的餐饮中。再之后，味蕾疯狂反扑，又爱上了气候优越、日照时间长、土壤含沙量少、沙粒细、柔软通散、更透气，富含"硒"元素的海南地瓜——桥头地瓜、美兰地瓜、海头地瓜、东方香薯等具有粉、甜、香、皮薄、色好、营养、口感好、个头适中、香甜软糯的海南本土红薯。这样，一晃就是一个年轮。乐此不疲，爱不释口，尽享南方红薯之福。

如今漫步在北京街头，总被风中飘荡着的烤红薯香味所吸引。尤其在寒冷的冬日，烧烤店的大铁桶内摆放着整整齐齐、一个个"皮开肉绽"的红心、白心、紫心、黄心的北京红、龙薯九、大叶红、黄香蕉等红薯，一个个如盛开的月季，美妙清香，勾人味蕾。

每每此时，飘荡在心海里的烤红薯记忆又被勾起。记得小学时代，尤其是寒冷的冬天，妈妈每天晚上都要往煮过晚饭后的灶火堆里埋几个红薯。第二天天不亮，我起床后妈妈会从火堆里扒出头天晚上埋的、已被灶火余灰烤焖熟透的红薯，用小纸片包上让我带上去学校的路上吃。这是我每天最开心的时刻。

拿上余温在手的烤红薯，用手撕开烤脆的薄薄的皮，立刻香气四溢，吞一口泛着甜香、软糯的肉，如蜜般沁人心脾。那种岁月，至今萦绕着、弥漫着、思念着。

此时，红薯伴随我的人生记忆便一幕幕浮现在眼前。红薯，甜得如蜜，也有苦酸涩的味，如人间百味；红的皮，也有白、紫、黄、粉等五彩的心，如缤纷斑斓的人生。

忽然，戏剧《徐九经升官记》中主人翁的一句台词道出了红薯的真谛："当官不为民做主，不如回家卖红薯。"是啊，红薯是普度众生的"灵物"，用红色的皮、五彩的心、不变的奉献，滋养着人类，从不计得失。

它散发出的香味穿过数千年的岁月，温暖着我们每个人的人生；它脚踩泥土中，与大地和人间相互拥抱、相互温暖，只有奉献，不求索取，让我们对人间对大地对万物始终充盈着温情的爱，无私的爱，无畏的人生！

四棵核桃树

　　已过知天命之年了，儿时，家乡院子里的四棵核桃树一直如影随形，时不时浮现在眼前。四棵核桃树，成了我童年的记忆、生命的记忆，成了我的心灵之树。成了那年那月，父母与我们姐弟四人昂首苍穹、相濡以沫的"成长之树"！正如德国哲学家雅斯贝尔斯在《什么是教育》中所言："教育是一棵树摇动另一棵树！"这四棵核桃树，摇动了我昂扬向上的人生。

　　我的家乡陕西汉中，自古被誉为"鱼米之乡""天府之国"。素有"汉家发源地、中华聚宝盆"美誉。是国家历史文化名城，国家首批全域旅游示范区、国家园林城市。在境内近三千种植物中，核桃树只是普通一员。然而，核桃树却与汉中有着深厚的历史渊源。据考，核桃的故乡是伊朗，原名胡桃。两千一百多年前，出生于汉中城固的张骞出使西域将其带回，传入大汉。据汉代《西京杂记》载，汉武帝修建"上林苑"，就栽有"金城桃、胡桃，出西域，甘美可食"！公元319年，晋国大将石勒占据中原，建立后赵，因忌讳"胡"字，将"胡桃"改为"核桃"而延续至今。因此，核桃树在汉中是再寻常不过的植物了。

看似普通的植物，花期五月、果期十月，外果皮在未成熟时是青色，结出的果实却富含丰富的营养素，与扁桃、腰果、榛子并称世界著名的"四大干果"。新鲜核桃中，还含有人体必需的氨基酸，可以直接吃或凉拌或炒菜。

童年的院子，早已成为记忆，早已远去。曾记得，那是被错划为"右派"的父亲带着母亲下放生产一线"劳动改造"时修建的农家小院。院子前是曲水流觞的小溪，后是良田和住户人家。院落有五间土坯房，西边有一个猪舍和一个茅厕。核桃树分别种植在院落最东边两棵、西边、西边猪舍后各一棵。据母亲讲，这四棵树是她中学贾老师赠送的树苗，于上世纪六十年代初种植。自我记事起，四棵核桃树已至青壮年，根深蒂固，又粗又壮，比土坯房还高。在那个物资匮乏的年代，四棵核桃树成了我们全家的"救命树"。母亲说，也应了当年栽种时奶奶讲的，是供我们读书的"读书树"。

那些年，父亲因"右派"改造，一年四季劳动的"工分"都是义务，没有任何报酬。全家六口人，只有"根红苗正"的母亲劳动的"工分"可以分得有限的"口粮"。再加之，生产队分配的"自留地"种植的蔬菜，养的鸡、鸭、猪等，一是不许"投机倒把"上市交易，二是家禽主要是交公。所以，我与已在校读书的姐姐、妹妹三人的学费，以及平常家里食用的油、盐、酱、醋，换季衣物等便成了"巧妇难为无米之炊"的现实问题。俗语说得好，"上帝关上了一扇门，必然会为你打开另一扇窗"。每到金秋时节，四棵核桃树就疯狂地果挂枝头。父亲、母亲、姐姐、我便喜不自禁地开始采摘、去皮、淘洗、晒干。之后，由母亲拿到集市上交易。换回的钱，刚好用于我们姐弟妹三人的学杂费和全家人一年四季的日常开销。就这样，年复一年，四棵核桃树像上帝派来的天使，在艰难困苦的岁月里，每年用挂满枝头的果实为我们一家六口无私奉献着、拯救着，从不埋怨。

四棵核桃树，像一位园丁，装点着我们土坯房的小院，哺育着我们六口人的生命。春天，满树小穗，如秀美的女子头上的饰品，把小院装点得格外典雅、朴素；夏季，如一把雨伞，把阳光挡得严严实实，送给我们一片阴凉；秋天，挂满果实，温润和滋养我们；冬天，挺直腰板，傲视苍穹，把来年丰收的种子在树的枝丫上越长越高。

四棵树，在我幼小的心灵里，成了坚强不屈、迎难而上、自立自强的精神食粮。俗话说，樱桃好吃树难栽，核桃好吃壳难开。那些年月，四棵核桃树正值生命力旺盛的黄金期，枝繁叶茂，所结的核桃从形状、个头、皮质、纹理、数量等都是巅峰。所以，四棵树每年都能收成我住的土坯房东厢房的大半个屋子。每当入秋，被压得枝弯条曲的四棵树，一颗颗肥实的青色果子有两个一排、三个一束、四五个抱团的，沉甸甸的。这时，父亲和我便拿着竹竿在树下或爬上树枝，轻轻一敲，只听"哗啦啦""哗啦啦"，一颗颗核桃便坠满小院。母亲、姐姐、妹妹，便赶紧拿着小竹筐拾起青皮核桃储存到东厢房去。

下树后的核桃要自然阴干一周左右，表皮会出现褶皱，青皮会局部发黑，并流出浓浓的青黄色的汁液。这时，青皮与坚果会自然离骨，但需人工把坚果从青皮中一个一个抠出来，并用水冲洗干净。之后，在太阳下晒干才能上市交易。那时，胶皮手套是奇缺物品。因此，从溃烂的青皮核桃中把坚果抠出来，没有手套可戴，只能徒手操作。但是，溃烂的青皮汁液沾上皮肤就会把皮肤浸黑，清洗是清洗不掉的！只能经过冬天、春天到来年夏天，这层表皮才会像蛇蜕皮一样，把双手被黑汁浸泡的一层皮脱去，才能还原皮肤本色。所以，那些年，每到秋、冬、春，我们一家几口人的双手都成了"黑爪子"！最让人难以忘却的是，只要我一到学校，老师、同学们都会喊"小黑爪""小黑爪"……让本来是"右派崽子"的我，更增添了几分自卑和胆怯！

诗人白居易说："落花不语空辞树，流水无情自入池。"恰恰是童年的"黑爪子"岁月，让我在今后的军人、记者、公务员、法律工作者、教师等人生岗位上有了坚强的意志，有了"自入池"的孜孜不倦——至今还在人生的道路上求索着！

核桃树，在缺衣少吃的年代，在美如画卷的小院，成了有情大自然赋予我们一家六口人精神享受的"传奇"。树下，记载了爸爸、妈妈讲的一千零一夜的故事；树下，飘荡着爸爸、妈妈闲暇后的歌声："洪湖水呀，浪呀么浪打浪呀……""月亮在白莲花般的云朵里穿行，晚风吹来一阵阵快乐的歌声……""一条大河波浪宽，风吹稻花香两岸，我家就在岸上住……"树下，埋种出我们四姐弟昂首向上的生命情怀！年复一年，四棵核桃树，像伞、像一束束繁花，绿了小院，扬了小穗，结出了坚实的果子，把坚硬、富有的果实无私奉献给了人类，奉献给了社会！

核桃树，生命之树，励志之树，希望之树，吉祥之树。据记载，核桃树又被称作"百岁子"，核桃谐音是"和""合"。因而，象征着合家幸福，安康，和美。

难怪，四棵核桃树，把艰难岁月的我们一家六口人带到了小康社会的和谐盛世！

核桃，愿天下所有人家都"和""合"！

那顶草绿色的军帽

岁月总是在不经意间，把一些细微而不刻意的东西深刻而永久地嵌入心海。从此，像一滴海水，在辽阔的心海激荡洗刷出珍贵和美好；像一粒沙，把纯净、庄严的心融入茫茫大海，让人生如海浪奔涌般折射出波光粼粼的异彩。

在我蹉跎的人生岁月里，那顶草绿色的军帽，就这样影响着我的一生。让我知道了岁月的艰辛，懂得了父爱的雄奇、母爱的淳厚，激励和影响了我的少年、青年、壮年。至今，都是培育我人格、完善我品格的人生教科书。

上世纪七十年代，正是"中华儿女多奇志，不爱红装爱武装"的时代。穿一身"绿军装"，成了革命和青春的象征。成了那个时代青少年们朝思暮想的期待。即使不到参军年龄，当不了军人，能戴一顶草绿色的军帽，也是少年们追逐的梦想。

少年的我，追逐草绿色的军帽除了"少年梦"外，还有一个原因就是我的"出身"不好——父亲是"右派"。

这个原因，让我在小朋友中备受歧视，如果再连一顶草绿色的军帽都没有，更让小朋友们瞧不起了！所以，记得那时，我每天放学回家，几乎都哭着喊着缠着妈妈要买一顶草绿色的军帽来"武装"自己。

对军帽的另一种情怀，是听妈妈偶尔说"右派"父亲是在家乡——陕西汉中解放前夕着"新四军"军装加入革命队伍的。当时，父亲先在区公所当通信员。后，天天背着枪与战友们剿匪。据记载，汉中是1949年12月6日解放的。解放初，襁褓中的新生政权面临着严峻考验。汉中是西北最后解放的一座城市，又是胡宗南长期盘踞、蒋介石密切关注的地方，斗争形势十分复杂。接管前，仅公开的特务机关就达十九个之多，加之国民党撤逃前又有计划地布置潜伏了大量土匪、特务，妄图与新生的人民政权对抗。所以，父亲他们天天都接受着生死考验。在战火硝烟中，父亲谱写过一人缉拿押送十余匪徒、智破敌特投毒案等传奇故事。虽然被错划为"右派"，接受"劳动改造"，但父亲对党的事业忠诚不渝、痴心不改，兢兢业业、任劳任怨。后来，父亲昭雪恢复了公职，并一直在政法战线上战斗到荣退。而今，虽已年逾九旬，满头银发，依然信仰坚定，爱党爱国爱人民。

当时，我幼小的心灵被父亲的革命理想、崇高情怀、神秘故事感染着，打心底里对军帽、军装、军人有了油然而生的敬意。渴望能戴上军帽，成为一名"准军人"。并立志，长大后一定要做一名合格的革命军人，保家卫国，为党和人民的事业献身。

然而，就是这顶军帽，按当时市面价值一块多人民币，对一家六口人的我们，是一笔巨额开销。因为，我们一家六口人的生活，全靠妈妈劳动折算的工分分得有限的"口粮"度日。"右派"父亲，一年四季的劳动都是义务，没有报酬。所以，每年二三月份青黄不接和七八月份等收成季节，是我们一家面临"断供"、最艰难的时候。只能靠挖野菜和母亲四处拆借糊口度日。

俗话说，"富在深山有远亲，穷在闹市无人问。"一度，亲戚朋友们见到借粮的母亲，都避之不及。要么与父母"划清界限"，要么翻脸不认人，或者你穷他们更穷等。总之，使出种种"绝情"手段防止父母登门借粮。所以，度日如年的父母，哪还有余钱给我买一顶军帽。但是，应了一句老话叫"少年不知愁滋味"，不明事理的我，哪管父母的艰辛，还天天哭着嚷着要买军帽！军帽！

大半年时间过去了，渴望买顶军帽的我，终于迎来了母亲最艰难的决定——去医院卖血，用卖血换来的钱，为我买顶草绿色军帽！记得母亲把这个决定告诉我时，我蹦跶了一人多高！兴奋得几天几夜没睡觉，盼望着母亲早日卖血买顶军帽给我戴上，好让我耀武扬威！扬眉吐气！

就这样，在一个秋天的傍晚，我去镇里接母亲。那时，母亲三十出头，正值人生韶华，但是岁月的折磨使她早早有了皱纹，有了常年疲惫不堪的倦色。

我家住的小镇离汉中市中心九公里，路途虽然不远，但是靠双腿步行，也要走一两个小时。记得那天早晨，天不亮母亲就起床出发了。走之前，她让我太阳西下时去镇上接她。戴军帽心切，下午两三点钟我就去镇上等候了。然而，三点四点五点，时间一分一秒地过去了，太阳早已下山进入傍晚七八点钟了，还是没有母亲的身影。急切的我，兴奋等成了焦躁，渴望等成了失望……虽然如此，但我还是坚定相信，母亲一定会拿着我心爱的军帽出现的！当我在失望中渴望、渴望中再失望时，熟悉的身影出现了——母亲拖着羸弱的身子出现了！手上拿着我日思夜想的草绿色军帽。

长大后我才知道，那天，母亲很早就去了城区医院血液科等候配对采血。等到下午四点多钟时，终于有人需要输A型血了。但一次要输六百毫升。怎么办，一般情况下，一人一次只抽二百毫升，这次是六百毫升，是常人的三倍，又是一名羸弱的女子，身体受得了吗？输还是不输？当医生、护士征求母亲意见时，母亲毫不犹豫答应了！

就这样，在采血过程中，母亲两次昏倒，脸色苍白，身体虚脱。但是血浆就是生命！一是病床上等着输血的人等着救命。二是母亲只能用生命的血浆换回报酬，才能买回军帽，别无二选。所以，母亲早已不顾自己的生命了！最终，抽血中，母亲两次昏死过去了！在医生、护士"糖开水"的救命下，才渐渐苏醒！才勉强抽完！一抽完，母亲就去商店给我购买军帽。结果，在商场又晕了过去！再最后，商场打烊关门，硬是把母亲摇醒。母亲从地上爬起后，在只在早上出门时吃了一碗菜粥的情况下跟跟跄跄地往回赶！母亲说，这九公里的路，是她一生中走得最长的路！一路上，她始终头晕目眩，深一脚浅一脚，在昏天黑地中往回摸爬。

记得当时，接上母亲，我第一时间从她手里抓过军帽就往头上戴，还兴奋地问母亲，威武不威武？现在想起来，真是追悔莫及！真是感到少年的我太不"可怜天下父母心"了！

长大后我才知道，那些岁月，我们一家六口人每年度粮荒，主要靠母亲卖血才"挺过来"的！

正是这顶军帽，让我终生难忘在镇上接到母亲时的那个夜晚！每每戴上它，我都会想到母亲惨白的脸庞，虚弱的身体，坚强的意志！想到母亲对儿女舍生忘死的爱和无私无畏的奉献！更使我懂得了"慈母手中线，游子身上衣"的字字血泪珠玑！

这顶草绿色的军帽，让我学会了感恩、懂得了孝道，知道了做人做事一诺千金是立身之本。之后，军帽梦也伴我成了一名真正的军人，继承了父志，有了"好男儿志在四方，大丈夫胸怀家国天下"的芳华岁月。

如今，古来稀的母亲因年轻时的过度透支和劳累，体重由九十多斤下降到四十多斤，常年贫血，常年受类风湿折磨，行走基本上靠轮椅，但她依旧乐观豁达，笑对人生！见到她，谁也不会和四十多年前那个风华正茂、坚强不摧，像大山般厚重的女人联想到一起！但是，母亲就是母亲，虽然身体被病魔摧残折磨，但是一如既往地操着四个半百上下儿女的心——生怕四个孩子吃不好、睡不好，身体不好！

父亲、母亲，儿女们永远是你们的孩子！儿女们会在你们的言传身教下，永远爱你们、尊敬你们、孝顺你们！

愿天下的父母亲都健康、长寿！

毛姑姑

　　毛姑姑，又叫布娃娃，是我家乡陕西汉中旧时对女红的称谓。

　　而今，七十多年过去了，母亲还常常拿出她做的毛姑姑，爱不释手，翻来覆去，看了又看，端详了又端详，视为毕生的至宝。

　　母亲说，她五六岁时刚懂事，外婆就教她做毛姑姑。外婆告诉她，做毛姑姑是女孩子的基本功，不会做或做的不合格，长大了嫁都嫁不出去。所以，她记事起，人生的第一项技能就是做毛姑姑。

　　母亲说外婆的姻缘就是毛姑姑"牵的线"。

　　外婆家有田地、开磨坊，比较富裕。外婆姐妹四人，是村里的四朵金花，个个是扎花绣朵、纺线织布的能工巧匠。年龄最小的外婆更受外祖母嫡传和三个姐姐示范，知事起就在闺阁做毛姑姑。做的毛姑姑，个个五官栩栩如生，衣着精致漂亮，四肢比例协调，头饰新颖独特。常常是，人见人爱。在十里八乡传为佳话。

一天，外公的姐姐带回一只外婆做的毛姑姑被外公瞧见了，外公珍爱有加。刨根问底，才知道是年方二八、待字闺中的外婆做的。为此，外公便央求着去为他做媒。

当年，外公也是村里的全能人才，打油、弹棉花、木工、篾匠等样样精通。人，也长得帅气十足。

弟弟的事儿，当姐姐的义不容辞。

就这样，外公与姐姐一道，由楚家营村启程赴二十公里以外的范寨村相亲。一见面，灵秀俊俏的外婆，比她做的毛姑姑更生动传神。外公喜出望外。一桩人间美事就此尘埃落定，花好月圆。

很快，外公外婆有了独生女的母亲。

做毛姑姑的绝活，外婆理所当然要传到母亲这一代。

做毛姑姑，不但是对刚刚知事小女孩体力、智力、耐力的磨砺和考验，更是对女孩子温顺、节俭、刻苦、勤劳的修炼。做一个毛姑姑，不但要常备针线包、针线篮，准备好七彩线、缝衣针、绣花针、纳鞋底的大号针、小剪刀、顶针等必备工具，还要选好各种颜色的布料、棉花等必需材料。然后，按五道工序，一步一步开始制作。

第一道，剪裁。即剪出毛姑姑的头、身子、双腿、双脚、双胳膊、双手等。第二道，装棉。缝合好毛姑姑的各个部位后，装上适度的棉花。第三道，雕绣。主要是用黑线绣头发、眉毛、眼圈、眼珠等，用红线绣嘴唇、耳朵、鼻子等。然后，给头发编小辫或梳刘海儿。这一道也是最为重要的一道，毛姑姑逼真与否，全看这道工序的精细程度。第四道，缝合。把身体各个部位缝制在一起。第五道，穿衣。为毛姑姑穿上专门制作的衣服、鞋。

母亲第一次做出成形的毛姑姑，是六岁那年。当时，新中国刚成立，妇女干部的外婆告诉母亲，新社会来了，女孩子也要顶"半边天"，做毛姑姑更是新社会的需要。

这样，母亲用一周多时间，做出了生平第一个毛姑姑。

毛姑姑的尺寸一般为三寸、四寸、五寸三种。最不好把握和难以做好的，是最小号的三寸。母亲做的就是三寸的毛姑姑。做出来后，被外婆一顿狂批，说做了个不像人、不像狗、不像猫，啥也不像的四不像。并教育母亲，一定要精工细绣，才能做出合格的毛姑姑。

被外婆教育后，母亲仔细看自己做的毛姑姑，五官枯燥、头发稀疏，关键是脚不正、缝在腿上站不起来。而且，鞋子也不合脚。总之，是一个残缺不全的次品。

思前想后，母亲暗下决心，一定要不负外婆的教诲，做出像模像样，既合格又别致，还能继承外婆真传的毛姑姑不可。

就这样，母亲抱着外婆做的毛姑姑，一个一个比较，对各种尺寸、各个神态——哭的、微笑的、板着脸的等，各道工序，每个工序中的点、每个点的技巧，包括用针、用线、针线的细密、走向等进行了仔细观察。然后，一道一道、一点一点模仿。之后，再精工细绣。尤其对头和脚。

在做头中，对着外婆的样品，点一根火柴吹灭，用火柴灭的灰在白布上把毛姑姑的五官画上。再按轮廓，一针一针绣。

脚，把样品的脚掌拓在纸上，画出样子；再把样品的脚腕蒙上纸，画出样子。而后，裁剪、缝制。

装棉花，也很讲究。装少了，毛姑姑撑不起；装多了，穿不上衣服。只有装得刚刚好，才能让娃娃既逼真又挺拔。

一晃三年过去了，妈妈天天躲在深闺，不厌其烦做着毛姑姑。一个又一个，反反复复。渐渐，越做越逼真，越做越好看，越做越得外婆的真传。

三年，数万针、上百个毛姑姑的精益求精制作，练就了妈妈贤妻良母的过硬"功夫"。

尔后，妈妈缝制的衣服、鞋；绣出的肚兜、枕套、手绢；织出的毛衣、毛裤、手套、袜子；钩出的方巾、桌饰、灯罩、套饰等，不但在困难年代让我们一家六口丰衣足食，穿得舒适、光鲜、美丽；而且，在镇上、县城，也人人艳羡。

艳羡我们有一位心灵手巧的妈妈，贤惠可人的妈妈。

妈妈，儿时的毛姑姑不但是你生命的记忆，也早已融化在你厚德载物的伟大母爱中。

科技发展、时代交替，但你们那一代人传承的母爱精神永远历久弥新、熠熠生辉。

我们永远铭记着从毛姑姑走来的新时代。

靶场青春

"日落西山红霞飞，战士打靶把营归、把营归，风展红旗映彩霞，愉快的歌声满天飞……"每当听见这熟悉的旋律，三十多年前军营生活总被勾起——激情燃烧的打靶岁月，把火红的青春烧得红彤彤，把记忆的心房填得满当当，把青春岁月雕刻得绚烂如画。

远去的军旅岁月，总伴着呼啸的军列，从八百里秦川奔向茫茫的戈壁。过了"春风不度玉门关"的玉门之后，在酒泉一个叫地窝子的地方进行实弹演习。

在新时代的路上，我当年所在的空军高射炮兵部队，早已被科技强军的步伐取代了，但是，当年的场景仍然历历在目。四年的空军生活，有了四次绚丽火红的青春记忆。

每年入秋，有一次实弹演习。实弹演习，是部队最大的事儿。从筹备、启程、赴指定地点集结，再到临战、拔营收兵、返回部队驻地，前后需三个月时间。

每年的军事训练，都围绕着这一"轴心"展开。

第一年经历打靶，我已从基层连队调到团政治处，从事新闻宣传。打靶期间，我的主要任务是编印四开的油印小报——《战地快报》。这份散发着油墨香的报纸，从采写、编辑、刻版、印刷、发行，都由我一人承担。是集记者、编辑、主编、印刷、发行等于一身。

初秋，列车在陇海线上奔驰。从咸阳直达兰州，然后转兰新线。过武威经张掖，到达酒泉。一个师的兵力，在此时整建制调动，还要带上装备，是一件"天大"的事儿。

团机关在整列火车中挂有一节客运车厢，载着机关官兵。其他官兵都在闷罐车里（2007年，军队告别闷罐车）。长龙般的数列军列一起开往沙漠，让繁忙的大动脉显得更加拥堵。所以，军列基本上是慢车中的慢车，逢站必停。

"闷罐闷罐，夏天是'火罐'，冬天是'冰罐'。"时逢"秋老虎"正在发威，去时二十多天的旅途，在没水没电、密不透风、闷热难耐的闷罐里煎熬跋涉，尤其是列车中途不能停车。满满的车厢内，席地而卧、人挨人，吃喝拉撒，都在车厢内。加之天气炎热，室内温度比室外要高七八度，可谓度日如年。

行军途中，最难忘的是到兵站吃饭、休整。凌晨两三点，刚刚在列车的"呜呜呜"和"咣当咣当"催眠曲中入睡，行军的哨子又吹响了。到兵站了。

这时，兵站的厕所和开水间门口都排起了长龙。大家争先恐后"放水"和"加水"。

睡眼蒙眬中，还要强行打开"胃"，囫囵吞枣，往胃里填充食物。

一晃，人还没反应过来，又催着上车出发了。

就这样，带着一身的疲惫、困倦，在不知不觉中来到了张掖，进入了沙漠、戈壁。

列车在茫茫的沙漠中穿行，让人真正感受出"千山鸟飞绝，万径人踪灭""大漠孤烟直，长河落日圆"的苍凉美景。

打靶的地窝子，在甘肃境内，位于河西走廊西端，是典型的大漠戈壁。气候干燥，降水奇缺，冬冷夏热，秋凉春旱，常年最低温度为零下三十摄氏度。昼夜温差大，常常是晚上盖厚厚的棉被；中午，在沙漠里放上一枚鸡蛋，就立等可熟。

到了营地，我的主要任务是编印每日一期的《战地快报》。直到演习结束，要出三十多期。

每天早晨，一辆专用的吉普车会载着我把当日的《战地快报》送往所属各营地的驻地，再由各营分发到各连。送的同时，收齐各营当日的稿件，带回团部编辑。

那段时间，我一天只能休息两三个小时，而且作息与常人相反——白天睡觉，晚上工作。每天一早，把《战地快报》送完、收回各营的稿件后，我才能睡上两三个小时。

午饭后，进入编辑。晚饭后截稿，把当日编好的稿件送政治处主任签发。一般签发后，已是午夜时分，开始刻版、油印。

刻钢板，是整个油印中最苦、最累、最磨人的工作。进入这道程序，常常是凌晨一点多。把一盏伸拉的日光灯拉到距离桌面几厘米的位置，拿起刻字专用的钢针笔在蜡纸上一个格子一个格子地刻字。

刻字，累的不仅是心，更是眼睛。眼睛要死死盯着蜡纸上小格子的黑细线，把文章每个字的每笔每画、每个标点，一笔一画，准确无误地刻进小格子里。不能有任何差错。稍不留神，刻错了一笔或一个标点，整个报纸又得从第一个字开始刻起。所以，常常因为疲惫、走神或眼睛看花，一期报纸要刻数张蜡纸才能成型。

同时，印刷也很费力气。那时油印小报一般是红、蓝、黑三色印刷。即报头、重要标题、题图一般是红色；题花、小插图一般是蓝色；其他是黑色。这样，一张报纸要分三次刻版、三次套印。即先套印刻好的报头等红色蜡版，再套印刻好的题花等蓝色蜡版，最后套印刻好的文字等黑色蜡版。

每印一次，都要把红、蓝、黑等各版对准、墨色调匀，才能印出成品。所以，往往因套版不准而印"花"了，就要返工，很是磨人。

因此，一张报纸的编稿并不费力，刻版、印刷才是最苦最累的。一千多份报纸，每天没有五六个小时的刻印，完不了工。

那段日子，每天，戈壁滩上已是霞光万丈，我的第一张成品才出炉。直到早上七八点，当天的《战地快报》才能印刷完。

就这样，第二年打靶接近尾声时，有一天，我的双眼突然失明了。急忙去医疗队就诊。经检查，医生说是用眼过度导致的假性失明。让我好好休息，每天多看绿色和远处，慢慢就能调整过来。按照医生的叮嘱，我用了三个多月时间，才调整到了正常视力。

进入中年后，为了汲取靶场岁月的教训，我"点灯夜战"的日子渐渐少了。

打靶，把我们那群激情四射的汉子的青春，烧得火红火红。

秋天的沙漠，晴空万里，无一丝云彩，一丝丝微风。火毒的太阳似乎要把大地烤熟。灼得皮肤快要点燃，照得细软的沙烟雾升腾。

正午时分，部队就位。等待云中的航标机拖着一把如飞机般大的伞，出现在目标里。

各个炮手精确瞄准。"伞"一现身，各个炮位就在不同方位分分秒秒跟踪、测量着最佳的打击时间。

瞄准，开炮。

各个炮位的指挥员一声令下，沙漠上的炮阵先后把一发发炮弹如闪电般纷纷射向"大伞"。之后，一发发炮弹像一颗颗流星在空中划落。

瞬间，击中的"伞"在空中开花，把洁白的天空点缀得霞光万丈，让茫茫的戈壁，煞是好看。

打靶的地窝子，靠近航天城的酒泉卫星发射中心。休息时，部队组织我们去城里购物。最难忘的是当地产的金黄金黄的白兰瓜、外皮绿中透黄的哈密瓜，咬一口沁人心脾，比蜜还甜，还解渴。吃一口还想吃。每当打靶结束，我们都要带几个，在路上和回陕西后慢慢吃。

戈壁岁月，靶场人生。青春在这里绽放，人生在这里驻足。每当想起，"日落西山红霞飞……"的歌声就油然在耳边飘荡。

这首写在战士心里的歌，是献给每名军人的最好礼物。也是每名军人把青春写在靶场，向祖国表达赤胆忠心的最好注脚。

我骄傲，我曾是一名军人。

从靶场归来，把最美的青春写在了靶场。

而今，军人的赤胆忠心在首都政法战线矢志不渝地奉献着。

午夜练拳人

又是一个明月高悬的夜晚，那个身影又在军营东边的小树林里闪烁。这已经是连续第三天了。

据观察，这个身影在练拳。是什么套路、拳式？看不清。

但见月光下，他一套连贯的"海底捞月""鹰勾架""叉步冲拳""缠腕弹腿""撑补拳"等招式，肯定是在练拳。而且练拳不是一天两天了，有"练家子"眼观六路耳听八方的基本功——稍微有动静，就会"惊"着他。转眼，便不见了人影。

练长棍的我，今晚一定要会会这个神秘的"练家子"。看看他到底是谁。

我蹑手蹑脚靠近他。躲在一棵距他不足十米的大树后，想看清他到底是谁。

今天正好是阴历十五，关中平原的月亮特别圆特别亮，几乎如同白昼。把军营内的一切，照得一清二楚。

"出来，别躲了！"一个明显降低了嗓音，但铿锵有力、特具穿透力的声音穿过夜色，进入我的耳膜。

我手提长棍，直奔他左太阳穴而去，他用左手封挡。我立马"金童摇圈"，他轻轻一闪，便化险为夷……

几个招式过后，知道都是"武林中人"，便"梁山好汉，不打不相识"地握手言和，互报家门。

一问，得知，他叫吴武。刚刚练的是小洪拳。是爷爷、父亲传下来的。他到陕西当兵，就是冲着小洪拳的发源地陕西三原来的。碰巧，我们部队就驻扎在三原附近。所以，他感到来小洪拳发源地当兵，是天意，更是夙愿。他想在军人的岁月里，把小洪拳的四十二个招式学深悟透。有空，准备出营地去拜访高人，把祖传的小洪拳发扬光大，报效国家。

说着，他掏出一本翻得残破不堪的《小洪拳四十二式》拿给我看。

月光下，只见这本书破旧程度不亚于司马公描述的孔子"韦编三绝"的书，已被他翻得稍有不慎就会掉"渣"。而且，书上还写满了不同笔迹的字。

他解释说，那是他爷爷、父亲练拳的"秘籍"。说着，他又掏出一个小本子，上面有他练拳的心得。

见到这些，我的崇敬之心油然而生。

这时，借着月光，我仔细打量起他。他身高一米八以上，浓眉大眼，国字方脸，刮得白白净净的络腮胡楂显得他天然有种"大侠"的风范。

他与我，都是刚分来的新兵。我们部队是空军最基层部队，他在一排，我在指挥排。

我们互报姓名后，谈起了理想，人生。

上世纪八十年代中后期，正是《少林寺》《霍元甲》《自古英雄出少年》《太极拳》《金镖黄天霸》《武当》《白发魔女传》等武侠剧风靡的时候。几乎每个少年，天天都哼着《霍元甲》的主题曲《万里长城永不倒》，和《少林寺》的《牧羊曲》等，在朝朝暮暮中，做着武侠梦。

正是怀着这一淳朴的武侠情怀，他走进了军营，我也走进了军营。然而，殊途同归的我们，却又有所别。

他，长辈嫡传。希望他继承绝技，投身疆场、报效祖国。我，首先是军人情结。想成为一名军人为国效力。而后，被时代的武林风刮进了"长棍"的行列。只是几招花拳绣腿，爱好而已。没有他志向高、决心大、功底深。

以后的近一年时间里，几乎每晚午夜时分，我们都会在营地的小树林里切磋武艺，笑谈人生和理想。直到我调入部队机关政治部工作，这段武林缘，才告一段落。

之后，因为我离开部队，工作几经变化，便再无联系。

一晃三十多年过去了。前不久，我在一位战友的信息中得知，他服役期满也离开了部队，回到家乡穿上了警服，成为一名光荣的人民警察。并因工作成绩优异，当上了防暴大队的"头"。

在一次反恐抓捕工作中，他孤身一人与数名暴徒搏斗，光荣牺牲了。

还得知，他回老家正式被父亲定为"小洪拳"的家族传人。而且，他在工作岗位上也带了"小洪拳"的徒弟。

目前，他的几名徒弟也都是公安队伍里响当当的骨干，继承着他的衣钵，在维护稳定的一线战斗着。

一代人有一代人的使命，一代人有一代人的梦想。

而今，那个练拳人的身影还时时出现在我的脑海，挥之不去。有时，我还常常在梦中与他相会。与他在一招一式中（虽然我之后的"棍棒人生"半途而废了），承接着保家卫国、维护国家安宁的"武术家国梦"。

分针和秒针迈着芳香的节奏

分针和秒针迈着芳香的节奏，应和着。

—— 西渡诗《一个钟表匠的记忆》

今生偏偏遇着他

七十六岁，瘦骨嶙峋，时常以轮椅为伴的母亲，庆幸自己今生今世最大最重要最正确的决定，就是在自己人生韶华时，放弃去华东纺织学校读书的机会，义无反顾地嫁给了比自己大一轮、刚刚被错划为"右派"、众人唯恐避之不及的父亲。

现在想来，当年，妈妈与父亲的相遇，就是老天爷的有意安排。

当时，妈妈情窦初开，正处懵懵懂懂的少女时代。刚刚步入革命队伍、风华正茂的爸爸，就按"上天"旨意去妈妈家找外公汇报工作。

外公是乡农会主任，身材魁梧，极富男子汉的阳刚之气。爸爸，国字方脸、剑眉如虹、英俊潇洒，是标准的美男子。一进家门，英武的父亲就把天生丽质的母亲深深吸引了。一刹那，少女的情愫"一闪"，就在母亲的心头油然而生。

这一"闪"，一段唯美、神话般的爱情故事就此拉开序幕。

而后，妈妈有意无意间，总是在外公面前打听爸爸的一举一动。不知内情的外公，也常常称赞爸爸的独特，讲述爸爸的传奇故事。

一天天，爸爸的形象如一粒种子，在妈妈的心中种下，慢慢生根、发芽、抽枝、长叶，越长越大。

我家有女初长成。老家陕西汉中，南临巴山、北依秦岭，汉江穿城而过，是天府之国，塞上小江南。宜人的气候，南北兼顾的风土人情，熏化出女子独特的美。"一笑覆国"的褒姒，便出生于此。一晃，妈妈已出落得如花似玉、优雅端庄，绝世而独立。

一天，妈妈从外公口中得知，正在省城西安上大学（陕西师范大学）的父亲，被县里通知回来开会，一进会场，就被宣布为"右派"了。后被送往"五七"干校集中学习。

那时的爱情，"根红苗正"，才门当户对。谁知，听完外公的话，刚刚拿到大学录取通知书的母亲，告诉外公一个语惊四座的决定：学不上了，要嫁给父亲！

外公闻言，惊得把手中的茶杯掉在了地上。好半天，才缓过神来。马上与外婆一道，轮番做母亲的思想工作。奉劝"校花"母亲："读书为要，就是嫁人，也要嫁'苗正'的人。"

然而，不管外公外婆怎么说，铁了心的母亲毅然决然。最后，只好一头雾水、唉声叹气地同意了。因为，外公外婆知道，从小娇生惯养、宠爱成性、倔强固执、坚贞不二，又是独生女的母亲的决定，是九头牛也拉不回的。

当时，是福是祸，母亲想都没想。她只坚定地认为，今生能遇着父亲，都是上天的安排。"结发为夫妻，恩爱两不疑。"苏武这首诗，成了父母钻石婚姻的写照。

与父亲结婚六十年来，前二十多年，母亲陪伴"右派"父亲下放"劳动改造"，吃尽了人间苦头。那时，父亲天天受批斗，义务劳动。母亲拖着羸弱的身体，先后生下我们姐弟妹四人，还一直没早没晚地挑粪、担柴、耕地、播种、收割、开山修路、挖渠引水等。所有男劳动力干的脏活苦活累活，妈妈都抢着干。为的是多挣一分工分，可以多分得一点"口粮"。可稍稍弥补父亲主要是义务劳动的不足。

但是，也是杯水车薪。尤其是每逢青黄不接之时，一家六口人的嘴都"嗷嗷待哺"。母亲在四处拆借无果的情况下，近十年时间，一直靠卖血维持全家人的生计。落下的贫血，至今也治愈不了。

俄国诗人普希金说："假如生活欺骗了你，不要悲伤，不要心急……相信吧，快乐的日子将会来临。"

母亲在最壮美的人生二十年，相守在"黑五类"（地富反坏右）的父亲身边，受人冷眼、歧视、孤立，受尽克扣、欺压、排挤。生活的重压之下，忍受不了的外公外婆终于与父母"划清"了界限，分家而过了。

在高压的环境中，母亲虽"天不老，情难绝。心似双丝网，中有千千结"，但，孱弱的母亲始终与父亲，和我们相依为命。因为她坚信，那快乐的日子定会来临。

当爱情走过沧海桑田，"人生若只如初见，何事秋风悲画扇"时，父亲终于平反昭雪、恢复了工作。母亲在波澜不惊中，也把生命中注定相逢的爱情故事，写成了人间的绝胜美景。

如今，母亲因年轻时过度劳累和透支，在三十六年前落下了类风湿。三十多年来，一直与病魔战斗。先后经历了五次大手术。左右两条腿的髋关节也都装上了假肢。昔日冰肌玉骨、貌美如花的汉中美女，而今已形销骨立、皱褶满身。昔日英俊潇洒的父亲，也早已满头白发。

但是，他们的爱情却如一棵参天大树，早已枝繁叶茂、根深蒂固。儿孙绕膝，四世同堂。在和谐盛世里，父母俨然成了脚跟腿。父亲走到哪儿，母亲就到哪儿，寸步不离，形影不离。岁寒无改，始终不渝。

写至此，忽然，曹雪芹笔下的诗句随思绪而下："一个是阆苑仙葩，一个是美玉无瑕。若说没奇缘，今生偏又遇着他。"六十年前，没有母亲的惊鸿一瞥，也没有父母的钻石婚姻。曹公笔下的虚化，在父母的爱情故事里已变成了现实。

一次相遇，一生相伴，一生相扶，一生守候。

浅吟低唱，婉转悠扬。千帆过尽，地久天长。

"滴答"声里生死相守

日子像时钟一样"滴答""滴答""滴答"……一分一秒地过着。

母亲被摔裂的盆骨，也随着"滴答"声，一纳米一纳米地弥合着。

每一声"滴答"，在母亲心里就是一年。在父亲心里，同然。他也嫌日子过得不够快，期盼着"滴答"一声，就是一百天。伤筋动骨的母亲，就可以下地行走了。

这样，"滴答"声也不会让他闻声就"乍"。把"滴答"声，误听为母亲的大小便声。立即冲进卧室，给母亲接屎接尿，更换尿不湿，清洗便后的屁屁。

这样重复的劳动，虽然在三十六年母亲身患类风湿的人生长河中，父亲坚守了无数次，但是，"滴答"声还是让他心里起化学反应。这个声，强烈刺激着他的听力、心脏，撒腿便跑的四肢。

习惯使然，"滴答"声，已成为他与母亲相濡以沫、不离不弃、如影随形、生死相依的"豪言壮语"。"铁杵磨成针、日久见人心"的"执子之手，与子偕老"的人间至情。

在真情面前，世俗的"久病床前无孝子""久病床前无亲情"等俚言俚语，被粉碎得不堪一击。

《汉书·张耳陈馀传》中云："欲求贤夫，从张耳。"贤夫，有才德的丈夫。然而，平淡中的神奇、平凡中的伟大，总是史学家、文学家们无法用文字描述的。

母亲今年七十有六，身患类风湿三十六年。多次瘫痪在床。历经五次置换左右髋关节等手术，先后卧床三百多天。再加之，类风湿致使母亲全身骨质疏松、关节变形、体重锐减等，日常生活都需要人照料陪伴。

经年累月中，父亲乐此不疲。当起了母亲的"小棉袄""小阿姨""守护神"。大家笑称，父亲是母亲的"三温暖"。

日复一日，年复一年，三十六年如一日。

父亲用精心、体贴、周到的照顾，延续着母亲残缺痛苦的生命；用无微不至的关怀，温暖着被病魔吞噬的母亲荒凉黯淡的人生；用说不完的悄悄话、遛不完的弯、快乐不尽的"嬉笑怒骂"不离不弃，点亮着母亲痛苦交加、时时绝望的心。

这份我辈看不懂、猜不透、羡慕不已的情和爱、执着和无我忘我，是任何文字和语言都无法表达的。

家有贤夫，夫复何求。这次盆骨摔裂，只是"要强"

母亲经历病魔折磨，向死而生的一个小插曲。

前不久，母亲在医院门诊进行每周一次的封闭（把药物注射到脊背、双腿关节骨缝间的发炎穴位）治疗时，心急，忘记了刚注射完的双腿还处于麻醉状态，抢着下地，脚用不上力，摔到了地上。

这一摔，左脸眉梢骨摔出一条口子鲜血直流，右侧盆骨也摔裂了。拍完X光片并在医院处理后，遵医嘱：回家静养。要在床上平躺四十天，吃、喝、拉、撒，全在床上。

回到家，父亲的"三温暖"又开始了。

首先，是昼夜的大小便。要像听钟表的"滴答"声一样，时时刻刻听着，须臾不可怠慢。一"滴答"，就要把放在床下的便器精准放到位，接完屎尿，立刻用手纸把屁屁擦拭干净；把铺在身下的尿不湿换掉；再去卫生间倒掉便便。紧接着，打一小盆热水，濡湿毛巾后擦洗屁屁，涂上爽身粉，才算完事。

之后，伺候母亲的一日三餐，甚至多餐。

母亲服用治疗类风湿药已三十六年，脾胃非常敏感。多吃一小口，或吃一点不适的食物，就会腹胀、呕吐，且不易消化。因而，父亲要时常在心里有"滴答"的警醒。一日三餐，不停按母亲的胃口变换花样，把鸡蛋羹、小米粥、疙瘩汤、骨头汤等，随时按量端到床前，一小勺一小勺服侍妈妈进食。

妈妈吃的汤药，爸爸也会遵医嘱，每天精心泡、煎。一道一道煎好后，倒入一个大的容器中冷藏。妈妈需服用时，再端出来按量加热，端到床边伺候妈妈服用。

　　就这样，妈妈的骨裂，在爸爸的精心照料下，在时钟的"滴答"声中，一日一日弥合着、康复着。

　　在妈妈经历的五次手术中，有三次是在北京做的。2013年，在武警总医院做双膝关节腔手术。2015年、2017年，在北京中医药大学第三附属医院，分别做左髋关节术后修复手术、右髋关节置换假肢手术。每次手术后，都是父亲精心照料，让多灾多难的母亲渐渐恢复。

　　最难忘的是2017年冬天，母亲的右髋关节置换。因母亲常年受类风湿消耗，再加上肠胃消化不良、营养跟不上等而严重贫血，手术进行了十四个小时，输了两次血。当时，年逾古稀、瘦得皮包骨头的母亲，手术后更是奄奄一息，生命垂危，需要很好的术后营养调理和照料。再加之，手术插了导尿管，大小便失禁，更需要人文关怀的护理。

　　然而，先后请了几个护工，护理都跟不上。主要是妈妈夜里会随时大小便失禁。就是吃喝一丁点东西，也会有四五次大小便。可是，护工只管每晚起夜一次。加服务费后，多了一次。再加钱，护工说不是钱的问题，护工也是凡胎，夜间也需要休息。

　　父亲看到后，直接找到主治医生，要求给母亲办理出院，回家由他来照料。医生坚决不肯。

在白发苍苍、傲骨嶙嶙父亲的一再要求下，医生看到妈妈的屁屁因大小便失禁护理不到位，已沤烂，并生了褥疮。再这样下去，妈妈的屁屁会面临溃烂、腐蚀，甚至……所以，医生只好答应了父亲的请求。

术后第十天，医院用急救车和担架，把妈妈送回了家。

是年，父亲已八十七岁高龄。睡眠对父亲也很重要。但是，为了妈妈的康复，父亲根本不在乎。

每天晚上，父亲就会预备好大小便器、尿不湿、手纸等，躺在母亲身边。

父亲心里的"滴答"，分分秒秒"滴答"着。母亲轻轻有一点动静。爸爸的"滴答"就响了，很精准、很及时、很周到。不到一周，母亲的屁屁恢复了"本色"。饮食上，母亲不但吃得合口、舒心，也不怕尿尿而放开吃了。

在父亲无微不至的照料下，母亲及时恢复了健康。而今，置换右髋关节手术已过去三年多，几次复检都表明，手术和恢复都很成功。这里面，包含着父亲对母亲最深沉的爱。

母亲患病三十六年来，也曾请护工和保姆，但父母都认为，没有"自己人"（父亲）照顾得好。尤其近十年来，除五次手术在医院期间必须请几天护工外，妈妈都是

第一时间回到家，由父亲照料。

现在，除父亲外，妈妈也不习惯别人照料了。父亲同然，非要当妈妈的"三温暖"。

如今，他俩，从身到心、从肉体到灵魂、从爱情到亲情、从"臭味相投"到味中有味，早已融为一体、难分难舍。

《诗经》云："死生契阔，与子成说。"父亲对母亲的照顾，母亲对父亲的依赖，已融化到他们休戚与共的血液里、骨髓里、生命里。已成习惯，已成自然。已成寒来暑往岁月里的阆苑仙葩。

问世间，情为何物？"滴答"声里，生死相守。

妈妈做的饼

每天回到家，心心念念的，就是期盼能吃上一口妈妈做的饼。

妈妈做的饼，是童年的记忆，岁月的履痕，是几十年来，在我心海里飘荡的母爱与温柔，坚强与自立，苦难与大美。

在那个缺衣少食的年代，在极其有限的食材中，妈妈用勇气和爱，探寻出千变万化的"饼"。把饥饿中的我们一家六口人，哺育得健健康康。至今，四世同堂、其乐融融。

"春荒"里的各种煎饼，"夏荒"中的巧手蒸饼，平常的日子里，各种荫饼、摊饼、油饼、大饼等，不但"香破口"，而且，让饼的美味在脾胃里浸满留香，在心海里绽放。刻骨铭心，念念难忘。

妈妈能做出花样百出的饼，既是妈妈记事起，外婆天天教育妈妈"女人的三从四德、贤良淑德，要从做饭和针头线脑做起"，更是她的命运使然。

在那个"嫁鸡随鸡，嫁狗随狗"的年代，母亲勇敢选择了爱情。嫁给了比自己大一轮，刚刚被错划为"右派"的父亲。从此，妈妈不但要恪守女人的美德，还要像男人般挺起脊梁、耸起双肩，挑起一家六口人的生活重担。

一家六口人，爸爸的劳动全是义务，分不到"口粮"。全家人一年的生活，全靠妈妈一个人"工分"撑着。每到"青黄不接"的二三四月"春荒"，六七八月的"夏荒"，常常揭不开锅。嗷嗷待哺的六口人，成天饿得前心贴后背、胃里泛酸水。

俗语说"粮不够，菜来凑"，然而，"右派"家的菜地不但有限，而且种植的时令蔬菜在春、夏"两荒"中，也"青黄不接"。所以，吃菜都成了难题。

怎么办？妈妈灵机一动，"春荒"里，万物复苏，树上的叶子、地上的草，疯狂地长着。何不来试一试？

就这样，天资聪明的母亲在奇思妙想中，用米浆做出了一张张可口的"煎饼"。在路边，拾起槐树上飘落的槐花，淘净，放入少量米浆，在锅里一煎便是一道美味。在田野里，收回疯长的喂猪用的青饲——苕芽菜，也拌上米浆煎。在荒坡上，四处可见的荠荠菜、灰灰条、枸杞芽等野菜，成了妈妈的食材。每天，变着各种馅，煎着酥酥、软软、糯糯的饼。还有，农家小院里自种的花椒树叶子、香椿树春芽、一把茴香，煎出的饼，让全家人百吃不厌，肚儿圆圆。

如今去云南旅游，游客们都会带回当地农家人自制的鲜花饼，尝鲜解馋，唇齿留香。每每见到，便想起几十年前，妈妈在夏天，百花盛开的"夏荒"中，用各种不结果的"公花"，做出的百花烙饼。记得，有嫩黄嫩黄、香甜入味的煎南瓜花饼；有紫红诱人、冰爽适宜的煎紫荆花饼；有金黄金黄、清香可口的煎丝瓜花饼……外带煎"土豆丝饼"、煎"茄子饼"等，让人留恋，催人味蕾。

在饼的世界里，妈妈像着了魔。不但能把不入馅的树叶、野菜、鲜花等入馅，而且，把可入馅的其他普通食材，做得出神入化，做出了"百变饼"。

最拿手的是"油饼"。用烫面或死面，擀成一张薄薄的大饼，抹上调制好的料——用不等量的芝麻、花椒、八角、香叶、丁香、茴香、桂皮、草果、辣椒等粉末与香油调制，均匀抹在大饼的一面。然后卷起、盘条，切成馒头大小，再一个个擀薄，先后放入锅中，烙得两面金黄金黄。一出锅，香酥、流油、柔顺。保准你唇齿留香，吃了还想吃。

五颜六色馅的"蒸饼"。把烫面擀成薄如一张纸，放在锅里蒸笼上蒸。放一张擀一张，再放一张再擀一张，一张接一张，直到，高高一摞已到锅盖扣不住，停下。盖上锅盖，蒸三五分钟，即可出笼。出笼后，卷上炒豆芽、炒尖椒土豆丝、炒卷心白、炒长豆角等，吃一口，爽滑柔软、筋道可口。吃得回味无穷。

饼中一绝的"荫饼"，妈妈又叫"懒人饼"。把五花肉或小块猪排红烧，倒入土豆、豆角，掺入水。然后，把早已擀好的一张大的、稍厚的饼铺上，盖锅。焖煮到肉酥时，打开锅，迅速把饼取出，切成菱形块状，再放入锅中，与肉菜搅匀，扣上锅盖，焖煮几分钟，即可出锅食用。揭开锅，但见绛红色的肉块香气四溢，被肉菜汁浸得半透的饼，散发着麦香、夹杂着肉香和土豆、豆角的清香。浓淡分明，脆面上口。让你垂涎三尺，意难忘。

"摊饼"，是妈妈的"应急饼"。把韭菜、茴香等切碎，倒入面糊中搅匀。端起来，"哧溜"一声浇到烧热的锅一圈。立刻，菜面糊糊会顺着锅边流向锅底，瞬间凝固。稍等片刻，就可出锅"干吃"。或向锅中添一瓢水，用锅铲迅速将凝固的饼铲入锅中，煮开后，放入香油、葱花、姜末、香菜、醋等，即可出锅食用。这张饼，干吃或带汤吃，都软绵、爽滑，津津有味。

陕西人常吃的"炕饼"，在妈妈手里，更不在话下。胀胀的发面锅盔，咬起来筋道；焦香的死面饼，外黄内白、皮焦里嫩。"炕饼"，个个吃起来脆香可口。一点一点咀嚼，慢慢回味，像在梦中又如在心里，荡漾着。

妈妈做的饼，吃进胃里的是珍馐，流进身体里的是母爱的温柔。不但是母亲精湛厨艺的展示，更是母亲圣洁的爱和她把宇宙赐予人类的粟粒，揉进一个女人、一个妻子、一个妈妈，一个大地母亲般的慈爱。在厚德载物中，滋养着我们一家六口人生生不息的生命，让生命在岁月里绽放，在人间闪烁。

而今，在母亲大爱的滋养下，我们大家庭和和美美，过着幸福康乐的每一天。

感恩岁月，感恩大地，感恩世上每一位母亲。

轮椅上的妈妈

轮椅上的妈妈，一晃十年了。

十年来，被病魔折磨的妈妈早已是瘦骨嶙峋，面无血色。人也由"大号"变成了"小号"（体重由九十多斤锐减到四十多斤）。瘦小干枯的她，早已失去"校花"、汉中美女之秀色。然而，十年来妈妈用坚强的意志战胜着病魔，虽然没有如张海迪般在轮椅上创造出不一样的人生，如霍金般在轮椅上写出《时间简史》，然而，妈妈却在轮椅上写出了生命的长度、人生的宽度。

妈妈的故事，是那年那月最浪漫的事。上世纪五十年代，妈妈是老家陕西汉中中学里的"校花"。汉中是"一笑覆周"的褒姒的出生地，是西北小江南，天府之国。自古以出灵秀、婀娜、天生丽质、冰肌玉骨、远山芙蓉的美女而闻名。妈妈的美，就是这些美的体现。

当时，人生韶华的妈妈中学毕业，情窦初开，坚信爱情。为爱情毅然决然放弃了去华东纺织学校读书的机会，义无反顾嫁给了比自己大一轮、刚刚被错划为"右派"、众人避之不及的父亲。出嫁，就随父亲下放"劳动改造"。之后，二十多年的艰难生活中，我们姐弟妹四人相继出生了，父亲天天受批斗，一家六口人的生活，全靠瘦弱的妈妈"撑着"，直到父亲昭雪。

至今，满头银发的父亲与形销骨立、弱不禁风，全身皮肤缩成皱褶、手轻轻一提皮薄可破的母亲相携相扶，谱写着相濡以沫的爱情传奇。

性格坚强独立，从不向生活低头的妈妈，怎么也没想到她会与轮椅结缘！但是，人生无常，岁月无情。那是2009年秋天，一次意外摔伤致使她左髋关节骨折，加之多年类风湿折磨，她不得不借轮椅"代步"。

在我的记忆中，妈妈是很"精致"的女人，一直很讲究。她只要出门，不论工作、走亲访友、购物、看病，抑或在家会亲朋好友，都要精心打扮。从头到脚、从衣帽到鞋袜、从饰品到手提包、从衣服的款式到颜色等等，无不精心挑选、精心着装、精心打理。任何情况下，都不失汉中女子的美。她认为，打扮是对对方和自己的尊重，是中华民族"爱美之心，人皆有之"的基本礼仪，是一个人精气神的体现。

而今，虽然坐上了轮椅，但她依然坚持这一"规矩"。

十年来的轮椅人生，妈妈有诸多的故事令人难忘。最难忘的，还是她与轮椅较劲的事。她认为，轮椅是她人生的败笔，让她脸面全无。所以，第一次坐轮椅，是左髋关节摔的骨折，不坐轮椅不行。但做完手术，换完髋关节，能下地行走了，她就坚决与轮椅"诀别"了。

虽然轮椅始终"随她行走"，她去哪儿，我都给她备着，但她很"要强"，从来不坐。她认为，只要一坐上轮椅，人就"残废"了。她视轮椅为身体残缺的标志。这样，一晃就是三年多。

2013年夏天，她多年类风湿病发得厉害，两腿的膝盖水肿、红亮，疼痛钻心。一下子，下不了地，更走不了路，不坐轮椅不行了。在我与父亲的强迫下，她又坐上了轮椅。但是，在送她去武警总医院做关节腔手术身体恢复后，"要强"的她又坚决"告别"了轮椅。

也许是老天偏偏让她与轮椅妥协——刚出院的周六，一早，我与父亲出门去超市买菜，独自在家的她闲不住了。本来，瘦骨伶仃、身心憔悴，风一吹就要"倒了"的她，刚刚经历了手术，身体还在恢复中，浑身哪有什么力气。但是，要强的她不想吃闲饭，想尽点微薄之力。不听父亲和我的劝阻，趁我们出门，去开双开门冰箱，准备拿出蔬菜等先择叶、清洗。但是，冰箱门很沉很沉，她的力气根本就打不开。猛一用力，冰箱门开了，她却摔倒了。这一摔，装了假肢的左髋关节因用力"闪"了。

那天，幸亏我与父亲买完菜早早回来了。一开门，见她躺在地上呻吟着，动弹不了。冰箱也不断发出嗞嗞嗞的电流声。见状，我赶紧推来轮椅，从地上将她抱到轮椅上，立即送她去医院就诊。

经医院诊断，她换了假肢的左髋关节脱臼了。复位后，医生叮嘱她，三个月内下地行走必须坐轮椅。没办法，她只好听！只要下地，她只能乖乖坐上轮椅。

从此后，医生成了她是否坐轮椅的决定者。她，再不与轮椅较劲了。

如今，因类风湿已到中晚期，她的右髋关节股骨头坏死也换了假肢。再加之今年以来，几乎全身所有关节都因类风湿侵蚀水肿、发炎、变形，她除每周注射一针强效剂外，每隔一个月都要在关节缝隙打封闭。医生告诫她，一般情况下，都应坐轮椅。所以，她不再"犟了"，不再"要强"了，也不再因脸面而讨厌甚至拒绝轮椅了。

坐轮椅，已成为她的人生常态。而且她深深感到，轮椅是她的第二生命，第二条腿。有轮椅，她的人生才更精彩。生命也才焕发出更加惬意的魅力活力，人生也才活得更加有滋有味有意义。

现在，每天父亲都会用轮椅推着妈妈去楼下的小区"散步"。一见到小区的左邻右舍，妈妈都会告诉他们，轮椅让她活出了与病魔做斗争的生命的味道！

听完妈妈的切身体会，不时有邻居钦佩这位瘦小干枯，但精神矍铄、毅力不倒的老人。

每到这时，妈妈心里的花都笑得开裂了，更喜欢轮椅上的自己了。

"铁人妈妈"战病魔

"铁人妈妈",是医院马大夫对妈妈的美称。在我的眼中,妈妈是战胜病魔的常胜将军。

一晃,妈妈与病魔战斗已三十六年了。去年,这场战斗达到了高潮——去年夏天到冬天,妈妈所患的类风湿疯狂反扑:左右两个肩头上各长出一个鸡蛋大的风湿疙瘩。其实,妈妈长风湿疙瘩已不是第一次了,但是这次长的地点和速度有点独特和快,让人猝不及防。

在老家陕西汉中做切除后,长达半年时间,伤口一直化脓,愈合不了。而且,浑身关节水肿,头顶、胳膊、双腿、后背等,都长出了大小不一的风湿疙瘩。一时,怎么治疗,疙瘩都消不了。再加上手术后伤口疼痛,几个月时间,本来消瘦的她更加消瘦了,体重由九十多斤下降到了不足八十斤。脸庞上皱纹缩成了沟壑纵横的丘陵,一身上下已皮包骨头。

家乡的医院已束手无策,建议她转院去省城西安治疗。在西安,妈妈去了几家医院,手术的伤口愈合了,但一身的风湿疙瘩还是治不好。再回汉中，医院已经不接收她，医生还告诉她，她的病已是晚期，治不了了！

面对医生的告诫，妈妈不相信。她想，三十多年过去了，她是战胜风湿病魔的强者。这次，不会过不了这个"坎"。终于，一直不想麻烦远在北京的儿子的妈妈，把病情真相告诉了我。

得知信息，我立即联系医院，并接妈妈来北京治疗。来北京不到两周，就遇上了"新冠肺炎"暴发。面对"双重"病魔，妈妈坚信，一定能治愈，一定能战胜病魔。大半年时间过去了，妈妈不但有效预防了"新冠"，而且类风湿疙瘩也基本治愈了。

而今，主治医生马大夫告诉我："第一眼见到被病魔折磨得风烛残年的妈妈，就像'铁人'一样，眼里释放着坚毅而笃定的光。所以，敢大胆用药、大胆治疗。因为在医院治愈的若干从死亡边缘拉回来的病例中，病人的精神力量是最重要的。"

马大夫还说："不管什么病，只要病人信念坚定，配合治疗，都是能战胜的。而且像妈妈这样，患类风湿病三十多年，双腿髋关节全装的假肢，手脚早已严重变形，全身关节穴位一直靠穿刺和封闭维系着，能从死神手里把她拉回来，更多靠的是母亲铁一般的精神力量。"

听完马大夫的话，回想2020年以来，连续五个多月冒着"新冠疫情"传染的危险，在严格防护措施保护下，带着妈妈去医院打封闭，都看得"心惊肉跳"！因母亲的类风湿已到最活跃期，全身所有关节都被病毒侵袭着，如水缸里的葫芦，按下葫芦浮起瓢。需要一个部位一个部位注射，每周一次。

马大夫是两个孩子的父亲，经验丰富，是骨科里年轻有为的骨干，病人见多了。但面对母亲的治疗，他时常"心里打战"，下不了手。因为，要把筷子般长的特制针头的一大半插入痛点的关节和穴位中，然后四周转圈注射药液。马大夫讲，这种针，不到万不得已，一般不给病人打。因为一是副作用大，对病人身体损伤大。二是注射时病人太痛苦，医生下不了手。但是，医生的职业是治病救人，看着病人痛苦总比病魔危及病人生命要好。所以，迫不得已，医生也是咬着牙打的。因为病人太痛苦了。尤其给两个手掌注射，十指连心，看病人更是痛不欲生。

所以，每次马大夫给妈妈注射，都一边注射一边问妈妈痛不痛。妈妈每次都会从牙缝中蹦出"不痛"两个字来。但是，在场的我看到，说不痛时，本来都面如土色的妈妈瞬间面色惨白，豆大的汗珠不断从她发梢上一滴一滴往下滴，但她始终把牙齿咬得紧紧的。

在治疗完回家的路上，我问过妈妈，"真的不痛吗？"并说，那么长的针头插入骨缝还要转着圈注射，那种痛，我连看都不敢看，真的不痛吗？妈妈听后说："怎么不痛？

如果说痛，马大夫还下得了手吗?!"

今年七十有六的妈妈，在人生最美好的不惑之年患上类风湿。当时，是上世纪八十年代末，医疗技术不发达。加之我们老家陕西汉中医疗资源有限，她患病后被当地医院按一般性疾病治疗，一拖再拖，致使她的手脚关节肿大、变形，卧床不起。之后，经朋友介绍去湖北一家专治类风湿的中医世家治疗，控制住了病情。

母亲说，当时的治疗方法是把含有麝香的药膏涂抹在肿大的关节处，用火烧灼二十分钟。当时，那种钻心的痛才要命。每点燃一个穴位烧灼，都会痛得她昏死过去。经历了那次疼痛后，母亲明白，要想把类风湿打败，就得死而后生，就得坚强、忍耐。因为治疗的痛，只是暂时的，只有承受了这暂时的痛，才会把病魔赶跑，才会换来痛后新生。

自那以后，母亲在三十多年与病魔的较量中，始终秉承了坚强、忍耐的理念，一次次战胜了病魔，走到了今天。

母亲说："生命诚可贵。生命是大自然赋予人类最美好的礼物。所以，每个活着的人，尤其是身患疾病的人，都应该珍惜这份礼物。唯有如此，才对得起生命，对得起养育自己的父母，对得起下一代，对得起国家和社会。"

是啊，病魔，是大自然派来考验人类的意志的，只要我们有铁一样坚强的意志，就一定能战胜病魔。

难怪妈妈被马大夫称为"铁人"，病魔在"铁人妈妈"面前是无缝隙可钻的。所以，被称为二十一世纪不死的癌症的类风湿，打不败"铁人妈妈"。

妈妈，你最棒。在病魔面前，你永远是"铁人"，是胜利者。

妈妈的宝贝

妈妈的宝贝，是一台她用了十年的轮椅。

这台轮椅，是十年前最普通的一种。不能折叠、轮子大钢管也厚，一点都不轻便。坐垫的帆布早已塌陷，一坐上，人就陷进去，已很不适用了。

今年以来，每周要带她去医院打治疗类风湿的针剂，我去药店给她买了一台体积小能折叠、轻巧、材质好、便携带的新轮椅。这样，放在汽车后备厢和家里，既不占地方，还美观大方，使用起来也便利很多。

但是，拿回家后，妈妈嘴上说好，却坚决弃而不用。

这周，我又带她去医院打针，故意把汽车后备厢装得满满的，留的地儿只能容纳下这台新购买的轮椅。结果，她不依不饶了。一路上，总抱怨这台新轮椅坐得不舒服，一定要让我找回那台用了十年，被我淘汰的旧轮椅。

我骗她说扔垃圾站了，早被环卫工人当废品处理了。但她不依，并通牒我，不找回那台旧轮椅，第二天，她就和父亲回老家陕西汉中，不在北京待了。

执拗不过她，我只好乖乖把那台旧轮椅从地库的储藏室里拿了出来。

见到那台旧轮椅，妈妈眼里立刻放出异样的光彩，如获至宝。满心欢喜地告诉我，这台轮椅救过她的命，是她的宝贝，是她的"贵人"，是她生命的记忆！什么东西都可以扔或换，但是这台旧轮椅绝不能扔或换。这台轮椅，就是她的生命，要好好珍惜。也只有坐上这台轮椅，她才有安全感，才能感到生命可以延续。

妈妈为什么对这台旧轮椅这么情有独钟？视它为宝贝呢？

因为妈妈结缘这台轮椅，有一个刻骨铭心的故事。

那是2009年秋天，父母从陕西汉中来北京看望我。一天晚上，妈妈上厕所时，不小心摔倒了，致使身患类风湿多年、全身骨关节变形的她，把左髋关节骨摔骨折了。

第二天，妈妈左髋关节骨疼痛不止，以为风湿严重了，按常规疗法，让我带她去医院打封闭（把药物注射到关节骨缝间的发炎穴位）。

打完封闭，一天过去了，还是疼痛不止。父亲告诉我，这两天，妈妈疼痛得动弹不了，只能坐在床上，让我找两床被子垫在她身后靠着，缓解缓解她的痛。

妈妈却央求我道，能不能带她再打一针封闭。

我知道，封闭是激素，强力消炎，但她当时的症状是三个月打一次。然而，过两天我要去境外出访，在北京又无其他亲友。因而，我同意了。

同时，鉴于她当时只能坐着，既不能平躺又不能站立，所以，我去药店给她买回了轮椅。

见到轮椅，妈妈很抵触，坚决不坐。她说她能行走，只不过痛得站立不了，迈不开腿，只要封闭一打不痛了，她就能走了。不要小题大做，买轮椅、坐轮椅。

最后，在我与父亲的坚持下，她勉强同意了，坐轮椅去医院打封闭。

到医院后，大夫坚决不给她打。说她的病情最快也要半个月后才能打第二针。但是，母亲不依不饶，坚决不肯。大夫要检查，她也不让，说自己是老毛病，打一针封闭就好了。

最后，我只好带她去另一家医院就诊。到医院后，医生也不给打，并让去检查，她不肯，但犟不过去，只好去拍X光片。片子一出来，我们都崩溃了。

原来，她因类风湿病多年，常年消耗钙质，全身股骨头基本坏死。这一摔，把缺钙的左髋关节骨摔骨折了。再加之她两天来都是坐姿，摔断的髋关节已直接插入小腹，引起小腹水肿。肿痛根本与风湿无关，必须马上动手术。

见到X光片，我和父亲都傻眼了。既惊叹两天来妈妈一声不吭、坐在床上扛病痛的壮举，又担心起她的安危来。

当时，因第二天我要去境外出差，怕在北京手术后无亲人照料她，立即通知弟弟、妹妹、妹夫等人，从陕西老家赶来，把妈妈用轮椅推上火车后，再用担架抬回了汉中的医院手术。

事后妈妈说，是这台轮椅救了她的命。

正是这台样式老、使用起来笨重、不方便携带，轮胎也补了又补、扶手的胶皮也粘过好几次的轮椅，她舍不得换，视为宝贝。

这次，也是铁了心的不让换！要誓死捍卫"宝贝"！

在十年的岁月里，这台轮椅还陪伴妈妈经历了好几次手术，是它代替妈妈的"双腿"，走过了手术后人生最困难的时候。

看来，这台旧轮椅，不但是妈妈的宝贝，已长在了妈妈的心里。是妈妈坚强独立的象征，更是妈妈神圣而不可侵犯的主权。

如此，让我们都珍惜这台生命的轮椅，珍惜妈妈的宝贝吧！

原载于2020年7月24日《空军报》

古稀妈妈的秀发

人活七十古来稀。七十有六的妈妈，顶一头黑色秀发，让朋友们惊叹：稀之又稀、奇之又奇。

秀发，是岁月对妈妈开阔胸襟、坚强人生、大爱无垠的恩赐和诠释。

头发，发自于父母，化生于天地。盘古开天辟地，身躯化育万物，演绎乾坤。头发，在地，化为稠密的树林和如茵的草地；在天，变幻成满天的繁星。至此，头发秉承宇宙之灵性，成为人类的第二张面孔。

尤其是女人，头发是藏不住的灵魂。据《左传》载：尧舜时期，有仍氏之女头发乌黑发亮，非常漂亮。光泽可照见人影。张衡在《西京赋》云：卫子夫头发一打开，如瀑布，一泻而下。少年天子汉武帝一见倾心，纳入宫中，后为皇后。

自古以来，头发让女人纳天地之灵气，展宇宙之钟秀，绝万古之神韵。是，天之星斗，地之花草。把女人变得格外美丽而迷人。

妈妈的秀发，如繁星从几光年外的宇宙赶来，灌注在她头顶的每根发丝，七十六年光明如初、熠熠生辉；如大地上生生不息的丛林，茂密而丰盛，万古而长青。让身患类风湿三十六年，经历了五次大手术，左右髋关节先后置换为假肢，体重也由九十多斤锐减到八十多斤，形销骨立、弱不禁风，全身皮肤皱皱的妈妈，在一头齐耳秀发的掩饰下，像个孩子似的精气神满满。乍一看，根本看不出她是一个风烛残年的老人、病人。

头发，最懂女人美。这个美，伴随母亲一生。母亲出生在陕西汉中，汉中自古是塞上明珠，天府之国，鱼米之乡。气候温润，多出美女。周代美女褒姒便出生于此。天生丽质的母亲就是代表。秀发更让她与众不同，成了中学里的"校花"，父亲的妻子。

秀发也给她带来了灾难。那年那月，是讲"成分"（家庭出身）的年代。母亲一嫁给"右派"父亲，就是她厄运的开始——随父亲下放"劳动改造"。为多挣点工分，弥补父亲义务劳动的不足，母亲专挑男劳动力干的挑粪、开山修渠、铺石修路、深山伐木等重体力活。

在男人的世界里，母亲的美，常常是她的"祸根"。本来就貌美如花，再顶一头秀发，更让她飘逸动人。引来不少男人的嫉妒、调侃、挤对、欺压。还有个别"心怀不轨"者，故意把最重最脏最累的活派给母亲干。母亲没有退缩，迎难而上。

在秦岭山脉，凿石修东干渠中，母亲两次遇险。一次是在开山放炮中，右胳膊被飞来的石块砸成粉碎性骨折。至今，每遇天气变化都隐隐作痛。

另一次，是从山下背碎沙石上山。身高一米六四、体重八十多斤的母亲，背篓被装了一百五十多斤重的沙石。起步中，背篓太沉，几次都起不来。勉强背起来了，没走几步，母亲就一屁股"坐"到地上了。这一"坐"，就起不来了。当年母亲二十多岁，风华正茂，没有在意。坐了一会儿，央求别人帮忙从背篓里铲出一点沙石后，母亲继续喘着粗气前行。但是，她每走一步都感到钻心地痛。她，强忍着疼痛，挣扎着，一步一步地、慢慢地，将沉如大山般的一背篓碎沙石，艰难地背上了半山腰的隧道。一到洞口，母亲就倒下了。被抬下山后，休息了两天，疼痛缓过一些后，又开始了劳动。多年后，经检查，母亲当年这一"坐"，脊椎被压弯变形了。因没及时治疗，落下了终身的残疾。

秀发，也让母亲赢得了尊重和高贵。在父亲沉冤的二十多年中，母亲是里里外外"一把手"。家中每遇大小事，都是母亲"出头"。秀发，让本来爱打扮、精致、讲究的母亲，更加光彩照人，精神焕发。

在那个年代，每遇家庭"外交"大事，长发飘飘的母亲只要一"出马"，便会引来"万人瞩目"。谁也不敢小觑这位"右派"的夫人。谁都会敬畏三分，礼让三分。有礼有节地让母亲讲完道理、讲完诉求，如理如法地解决问题，赢得尊重。

女人，毕竟是女人，再迷人再坚强倔强，也藏不住内心的柔弱，正如头顶的头发，每一根发丝都柔弱无比。生活没有压倒坚强独立的母亲，病魔却时时折磨着她健康的身躯。三十六年来，母亲被类风湿折磨得浑身关节变形僵硬，多次卧床不起，如今与轮椅相伴。

面对"病魔人生"，母亲像其他柔弱女子一样，也失望过、绝望过、痛苦过。常常以泪洗面，不能自拔。但是，她如自己的秀发般，依然柔顺、光泽、飘逸。内心澄明，胸襟豁达。她在珍惜上苍把最好的"星星"和"森林"，给予了她。

她常常一边梳理、清洗、养护一根根秀发，一边与病魔斗争，一边反思岁月人生，不断涤荡"心魔"，驱逐内心的不洁和阴影，维护着头顶的"星空"和脚下的"绿地"。

如此，日复一日、月复一月、年复一年。母亲，青丝依旧，神采依旧，情怀依旧。

母亲，把日子过成了坦荡、淡然、恬静，过成了吐纳天地精华、照亮人生岁月，绿满人间、爱注人生的丝丝春意。

这春意，正像她头顶的秀发，绿树常青。

原载于2020年8月1日《劳动午报》

父亲的"光盘"人生

前不久，家里来朋友，做了几个菜招待。吃饱喝足、收拾碗筷时，父亲习惯性地拿起粘在盘子和自己碗上的丁点颗粒，舔得干干净净。当时，客人惊得瞪大了眼睛，望着九旬高龄、白发苍苍的父亲，半天说不出话来。

事后，这位朋友半开玩笑地问我："让老人家当着客人的面舔盘子和碗，你是不是克扣你家老爷子了？"并嘲笑说，"这种事，应该是乞丐才有的行为，怎么会在你家上演？还是自己的父亲？"

听完朋友的话，我淡淡地告诉他："习惯成自然。父亲舔盛过菜的盘子、自己吃过饭的碗，近九十年了。谁也说不动，管不了，改变不了。"

这，就是父亲的"光盘"人生。

父亲告诉我，他生长在缺衣少食的岁月。他们兄弟八人，他排行老四。因生活困难，吃不起饭，他三哥、二弟、四弟，一出生就被人领养走了。三弟因饥饿和疾病，三岁多就夭折了。所以，家里只剩下父母、他、大哥、二哥、大弟，六口人。也是常常吃了上顿没下顿，有时三四天时间连顿稀稀的菜糊糊都吃不上。经常饿得前胸贴后背，肚子咕咕叫，胃里泛酸水。

自父亲记事起，一吃饭，婆婆（父亲的母亲）就会盯着他们四兄弟，把吃完饭后粘在碗上的米粒儿舔得粒尽味绝。

父亲说："这样，一晃就是九十年"；"习惯了，长在心里了"。

因而，每顿饭吃完，父亲不把碗舔一遍，就会感到这顿饭没吃好，没吃完。没把碗上的五谷余味舔尽，是一种罪过。

刚开始，父亲吃完饭忘记了舔碗，常常被婆婆责骂。但是，随着年龄的增长，父亲知道了生活的艰辛，懂得了婆婆的良苦用心，便把舔碗当成了人生的"必修课"。

那是父亲十一二岁时，因家境贫寒，无米下锅，大哥去给别人家打长工了，二哥去给别人家放牛度日了，婆婆、爷爷便带着父亲、大弟，到陕西汉中的秦岭山脉开荒种地。

那时，荒地由宗族坟地协会（管理同族绝户乡民土地的民间组织）指定，多为乱石岗、野山林。所以，要用两三个月时间清理乱石，砍伐不成材的杂树，是重体力活。吃再饱，一干活，就饿了。再加上根本没什么可吃，连野菜、树皮、树根等都吃光了。大家不但天天饥饿难忍，还要开荒。可以说，天天饿得头昏脑涨，还要干重体力活，常常在干活中昏倒在荒地上。尤其是父亲，正是"拔节育苗"长身体的年龄，饿得特别快、特别厉害。多次因饥饿而昏死过去。

父亲说，当时，连乞丐都不如。乞丐还有地方去乞讨，但在荒无人烟的深山老林，要饭，都没地方去。

刚开出的土地，因土质、水分、肥料等不足，根本长不出庄稼。一年后，渐渐长出了土豆。眼看，种植的一坡地土豆快要丰收了，然而，一场大雨，把快成熟的土豆全淹了。浸泡后，变质发绿的土豆是不能吃的（茄碱升高，食后，轻者心悸气短、精神错乱，重者瘫痪、死亡）。但是，父亲他们舍不得扔，煮着吃了。后，一家人全中毒了。浑身发麻，昏死了过去。两天后，毒素慢慢排解，才捡回了一条命。

自那以后，父亲忽然开悟了，懂得了"谁知盘中餐，粒粒皆辛苦"的真谛。开始珍惜起每餐进入碗中的每粒食物。每餐都要舔得干干净净。

就这样，父亲不管在什么地方、什么场合，只要用餐，都会把自己的碗盘舔得干干净净，还要教育同桌用餐的人不要剩菜剩饭，也舔干净。这种固执和执着，在多个场合，得罪了好多同事、亲属、朋友。

久而久之，很多人知道了他这个"陋习"，便不与他同桌就餐了。但是，越是这样，他越执着、越锲而不舍地把"光盘"行动坚持到了现在。

坚持到了这次家庭聚餐。

爸爸说，没饿过肚子的人，不知道饿肚子的痛苦滋味。没经历过艰苦岁月的人，不知道"浪费无底洞，坐吃山要空""不当家，不知柴米贵""成由勤俭，败由奢"等人世间的道理。所以，他宁愿被人说"反常""丢份"，也要把"光盘"坚持在日常。

而今，爸爸感到：吃饭不"光盘"，不但是一种罪过，而且是对大自然的不敬畏。是对种植、收割、脱粒、晾晒、烹饪等，每道工序每个劳动者的不尊重。是一种极不道德的行为。每一粒五谷杂粮，既包含着天地的精华，还糅进了劳动者的血汗，是大自然赋予人类的"圣物"，必须珍惜珍爱。

生命的品质，是面对人生的苦难，产生出自己的珍珠。

难怪，年逾九旬的父亲，满面红光、鹤发童颜。因为，父亲坚守着自己的"光盘"信念，磨砺着自己人生的"珍珠"。

在旁若无人中，"光盘"已成父亲的人生追求、精神信仰。

原载于2020年7月18日《劳动午报》

岁寒三友

岁寒三友，明代无名氏在《渔樵闲话》云："到深秋之后，百花皆谢，唯有松、竹、梅。"

今天说的岁寒三友，那是三十多年前的事。是我、李西闽、易延端，三位当年同居一室，担任空军某部新闻报道员的往事。

"梅"，开百花之先，独天下而春。而今，著作等身、享誉文坛，被称为中国新概念恐怖小说领军人物的李西闽，就是唐代诗人柳宗元赞誉的"早梅发高树，迥映楚天碧"的彻骨的寒"梅"。

老一辈无产阶级革命家陈毅曾赞誉"松"说："大雪压青松，青松挺且直。"这个宁折不屈、忠贞耿直的"松"，就是易延端。

唐代诗人刘禹锡在《庭竹》中说："依依似君子，无地不相宜。"我，就权且夸自己是"三友"中的"竹"吧。

当时，小平同志一挥手，军队百万大裁军。我们三人，从不同部队被整编到一起。三位集战友、文友、兄弟为一身的"笔杆子",亦是相长的学友。论年龄,我居中,易延端为长。但论天资、勤奋、成就,恰恰是西闽居三人之上。这在他出手不凡的处女作,便可见一斑。正如诗人杨万里那句"小荷才露尖尖角,早有蜻蜓立上头"。

这篇名为《孤树》的散文,刊发于1987年1月20日《空军报》"长空"副刊。当时,编辑李洪洋评论说:"在堆积如山的来稿中,发现了一株神秘的'孤树'。""不难发现,这棵被战士的鲜血、被顽强的黄沙之魂濯洗过的榆树,代表着一种边塞军人的英雄气概。"

这株"孤树",正如李西闽的人生,摇曳出他苦难、坚强、傲骨凛凛的气节和人生信条;摇曳出一个军营汉子响当当的人生。

"孤树"不孤。正是这一"尖尖角",预示着西闽必将立于文坛而枝繁叶茂、根深蒂固、绿树成荫。之后,他因中篇小说《红火环》,被借调到《昆仑》杂志社帮助工作。再后,提干,调广州军区空军航空兵从事创作。先后出版了《血性》《拾灵者》《尖叫》《宝贝回家》等多部长篇小说。服役二十一年后,转业成为职业作家至今。到现在,出版长篇小说、散文集、小说集三十多部,近千万字。代表作有"唐镇三部曲":《酸》《腥》《麻》。

尤其震撼文坛的是,2008年,他受易延端之邀赴四川省彭州市银厂沟风景区鑫海山庄创作,正好经历"5·12"汶川大地震,被困废墟七十六小时。后,在易延端带领部队急救下，李西闽大难不死。这段惊心动魄的生死经历，使他创作纪实长篇散文《幸存者》，并获华语文学传媒大奖。这部用生死实录，追思人生的无常、生命的珍贵，人生美好、人性的灿烂的书，正是李西闽走向文学高峰的一次起跳。

不凡的"孤树"，一直让李西闽的作品散发着世界名著《百年孤独》般的魔幻、言情、寓言、幽默、慧心的艺术魅力。正如作家阿来在《大地的阶梯》中比喻小僧人所说的那样，李西闽创作的每一部作品都是一座山，一层一层，就像一个又一个阶梯，有一天，他的灵魂和作品会踩着这些阶梯到天上。

《屋顶与天通　坐床望星空——危房几时能修复》，这篇刊于1986年6月10日《空军报》的读者来信，署名为"某部九连战士小草"。这篇稿件见报后，反映的危房问题引起了上级重视，修缮问题很快得到了解决。这，正是"要知松高洁，待到雪化时"的"小草"易延端。与我们同室一年后，易延端被转为志愿兵，干起了机关后勤的司务长，当起了兼职"报道员"。后来，部队还保送他去北京师范大学中文系深造。

转业后，因对"本报讯"的喜爱，加之大量作品见诸军地报端，这位室友被安置到家乡四川省什邡市委机关报社工作。他依然秉承"铁肩担道义，辣手著文章"的鲁迅风骨，撰写了《世界在静候中国的好声音》《让吹牛皮者上税》《招商不宜下"人头指示"》《晒账单须防"假晒"和"晒假"》《监管虚设才有"公款尽孝"》《政府办民生实事不能"放空炮"》《吃喝越高档对上级越"尊重"?》《精准扶贫切莫伤害贫困户自尊心》等,许多有情怀、有担当、有道义、有温度、有温情的佳作。为党心民心和社会风气好转,起到了针砭时弊、大爱无疆的"松高洁"。

岁月如梭,往事如烟。在"三友"时代,我也采写了《改掉老习惯,刹住吃喝风——空军某部六连正风肃纪动真格》,登上了1986年1月11日《空军报》的头版头条。采写的反映部队七连连续十二年照顾孤寡老人尚慧珍大娘的通讯《比金子还珍贵的心》,登上了1986年4月19日《人民日报》等。

在那个记忆深处的"小屋",更多的是三个毛头小子,为理想奋斗的激情岁月。最难忘的是,闽西汉子李西闽的"紫菜"。

那时,我们仨正值青春韶华,是长身体的年代。三个人都是战士,一日三餐的伙食根本难以果腹。尤其每晚,在"点灯夜战"中,肚子时常饿得咕咕叫。出生在陕西汉中的我,从来没见过"紫菜"。

隔三岔五,李西闽就会收到老家福建长汀寄来的包裹——一大包家乡特产"紫菜"。每当夜深人静,他便会插上电热杯,煮一杯清香四溢的紫菜面充饥。

那时,我和易延端就会第一时间拿出大碗来"抢"。

一开始，我俩都不习惯紫菜的海腥味。但是，吃上以后，就离不开了。至今，我都喜欢紫菜蛋花汤。

"抢"，常常让李西闽防不胜防。一次、两次、三次，次数多之后，他索性把锁在旅行箱里的"紫菜"贡献出来，任我们"挥霍"。

他仁，我们也义。易延端家乡盛产什邡板鸭、红白豆腐乳，也常常有飞鸿传递，三人一起享用。我的家乡盛产绿茶"午子仙毫"，也是我们三人写作中必备的"特饮"。

尤其难忘的是，部队驻地在陕西武功。武功地处关中平原西部，盛产麻花、烧鸡、锅盔、旗花面等美食。当谁有稿费入账，都会在县城"挥一挥刀"——请顿小吃。

平时，每逢周末，大家凑份子去军人服务社买瓶"西凤"、一袋榨菜、一袋花生米，倒入绿色搪瓷缸中就"海阔天空"地"干"了起来。常常，不胜酒力的李西闽喝上几口就满脸通红，话就多起来。就开始大讲海的故事。我和易延端听得着迷，不知不觉就醉眼蒙眬了。这是几乎每个周末，我们仨的必修课。

白驹过隙。一晃，一年过去了。易延端去了机关后勤。再一年，我也复员回到了老家陕西汉中，在政府部门度日。后，到新华社工作。如今，在北京一所政法类大学里教学相长。然而，室友的相濡以沫，始终让我与文字为伍。

难忘的岁月，难忘的人。难忘那段夏天光着膀子、冬天裹着大衣，一屋，三人，三张小桌、三张床、三盏台灯奋战的日子。那时，三人闹起来不分长序南北，静下来又各不打扰。互不相犯，互不相干。讨论起文章，每个人心里还有个"小九九"，保留点怕落后的"小狡黠"。

一晃，我们都已年过半百。我在北京，李西闽定居上海，易延端在家乡四川什邡。但，数字时代，网络又把我们紧紧连在了一起。几乎天天互通信息、互致问候。又像回到了上个世纪八十年代后期的军营。回到了峥嵘岁月稠的"爬格子"年代。

而今，军营的"三友"已长在心里，成为人生的"三友"，毕生的"三友"。历久弥新，在血液中奔腾。

三十年，弹指一挥间。只忆那"挑灯夜战""摇旗呐喊"，为部队强盛流过我们的血和汗的激情时刻。

这血性的军人情怀，至今在我们的身体里奔流着！奔流着我们"岁寒三友"笑对人生的从容淡定、喜乐人生。

原载于2020年7月29日四川《德阳日报》

青涩记忆

最近整理资料，翻开三十六年前的见报剪贴本，记录着我写作生涯的青涩足迹。这本大十六开、暗红色硬面、扉页上写着"赠战友分别留念，上海兵邓寿福，1984年10月9日"字样的笔记本，是我1984年穿上军装、由陕西汉中到八百里秦川空军某部当战士、在基层连队欢送老兵退伍时，受赠的。这本记事本，便成了我写作生涯的剪贴本。

这本整整齐齐张贴着我自1985年写作起步时的油印发表作品统计表、样报、稿费汇款附言，以及自己在每篇刊用稿件旁写的投稿范围、用稿情况、写稿经过、刊后感言等的同时，还有若干篇随记，年终小结。读后，让人不由自主回到那稚嫩、执着、勇敢、激情澎湃的求索年代。

现摘录几句，以为勉。

小结这样写道："1985年过去了，初入新闻行业，小试'牛刀'，有了点小收获。一年，在十九种报刊、电

（视）台刊播新闻、随笔、杂谈等稿件四十三篇。其中，中央级《解放军报》《中国法制报》（现《法制日报》）等三篇，省级《陕西日报》《北京日报》《文汇报》《空军报》《人民军队报》等二十四篇，刊发头版十篇，取得了一定成绩。大大超出了自己的预定计划。但是，自己还应清醒看到，这只是初步的。只是刚刚开始在写作的天地里爬行。要想走路、走好路、走快路，还得加倍努力，写呀写！还需广读各种书籍、虚心向人请教，学呀学！只有认真努力一两年，才有希望成才。万万不可骄傲！1986年来临了，给自己定了刊发一百篇的任务。其中，中央级报刊十篇，头版头条十篇。也许有点过头、有点目标太大，但，只要努力，相信自己是会实现的。同时，只有计划重、压力大，才有拼搏奋斗的动力。努力吧！1986年1月9日记。"

看到这个口号式、自不量力的新年计划，和妄想一两年在部队培养军地两用人才中成才，并自大地以为奋斗两年就真能成才的记忆，而今读来，还是让人有股"初生牛犊不怕虎"的小窃喜。

记得当时，我是提着两大旅行袋书籍入伍，准备考军校的。谁知，与上海人有缘，被英俊帅气的上海籍团政治处主任邱德兴选到团报道组，干起了新闻报道员。报道组三人，大家争先恐后，没日没夜采访、写作。个个不甘落后，誓要成才。因而，我也有了立志成才的雄心壮志。

再看两篇随感。第一篇题目为《我从广播站起步》。当时，我们部队驻扎在陕西省武功县。从团机关出发，半小时就可到达位于县城的县广播站。

随记写道："1984年11月17日，我从基层连队选入团政治处报道组。至1985年1月底，近三个月时间，我采写的稿件一篇也没有刊登，怎么办？是自己水平太有限吧！我怀疑起了自己的水平！怀疑起了自己是不是干新闻的料？是不是拿笔杆子的手？我要检验一下自己的水平。2月的一天中午，我悄悄拿上一篇稿件，不安的、羞涩的来到了部队驻地武功县广播站。一进门，李编辑（后来才知道），非常客气地接待了我。大概文人都挺客气的吧。他看了我的稿件后说，写得很实在，'口子'开得小，新闻就是要把'口子'开小点（我看不一定对），并安排在下午的新闻节目里播出。呀，太高兴了！听他一说，我真是太高兴了！因为自从写稿以来，从来没人说过好或者不好！投出去几十篇稿了，都如泥牛入海。兴奋的心情促使我写稿的热情一下子提了起来。下午，我又借故去广播站给李编辑送了两三篇稿。哎，没想到他全采用了。太高兴了。此事对我触动帮助很大。我终于相信自己，鼓起勇气继续写稿了。之后，我不断看到自己写的稿件变成铅字和纯熟的普通话，映入、传入我的眼帘、耳鼓。现在，我每见到一篇稿件刊播时，就想起了广播站。想起了广播站里李编辑。他，不高的个儿、瘦瘦的身子，梳得光溜溜的二八分头，始终穿一套灰的确良中山装，左上衣兜里别着两支笔。是他，把我引到了写作的道路上；是他，在我失望中给了我奋斗的勇气。此事，在我脑海里太深太深了。为此，我提笔记于此。也许，一看到起步的往事，就会给我在写作天地里无穷奋斗的力量！1985年6月20日记。"

是呀，三十六年过去了。广播站李编辑的音容笑貌，一直在我的脑海里徘徊。一直鼓励着我，在写作的道路上奋斗。

写于1986年1月29日，题目为《泪水，汗水，墨水》的随记，原汁原味地记录了自己在奋进的1985年，在泪水、汗水、墨水融合中，由一个文学上的"白痴"、新闻上的"门外汉"、语言上的"一窍不通"，暗自窃喜变得有了一点"才气"。这"才气"，完全是靠勤奋的汗水、勤劳的泪水、写不完的墨水换来的；还是不分春夏秋冬、不分白天黑夜、不吃饭不睡觉，不停地写写写、寄寄寄的成果！而且在随记中记载着："自己知道，是怎样含着泪水、流着汗水、写着写不完的墨水，写的！看来，就要这样写一辈子了……"

看着、摘录着这些三十六年前朴实幼稚、真情流露的奋斗文字，不由得泪流满面。回想起自己写作生涯的每一步，都是在这样的泪水、汗水、墨水交融中完成的。

1988年，我脱下军装，复员回到陕西汉中政府部门工作，一直没有放下手中的笔。业余时间，带着部队练就的新闻嗅觉，采写了发生在汉中的《中国首例"安乐死"》，获时任全国政协主席邓颖超在中央人民广播电台《午间半小时》的讨论和肯定。1990年，举世瞩目的第十一届亚运会在北京召开，我以特邀记者身份采写了报告文学《战前亚运村》《亚洲雄风与中国经济——来自第11届亚运会的报道》等，受到读者好评。

1993年，我调入新华社工作。在采写《在海南再造"香港"》《挥剑怒斩"南霸天"》等大量脍炙人口的新闻同时，还在小平同志南巡、十万人才过海峡、海南建省办特区五周年之际，担任新华社老社长穆青题写片名并任顾问的大型电视政论片《风起天涯》总策划、总撰稿，在中央电视台等播出后，引起强烈反响，推动了大特区新一轮开发。担任新华社时任社长郭超人题写刊名，著名经济学家于光远，著名作家马烽、杨宗等为顾问的新华社新闻综合月刊《天涯热风》杂志社社长、总编辑；编辑和创作了图书《走向世界》《椰风海韵巾帼花》《建设者之歌》《中国·海南》等；担任海南省委政法委主管主办的《海南特区法制报》社长、总编辑等，始终没有放下手中的笔，一直在写作中。

新世纪第四年初，我由海南调入北京市政法系统从事宣传工作，仍然以写作者的勤劳和敏感跋涉着。先后策划、拍摄了大型电视片《奥运，祝你平安》《为了首都的和谐》等；组织大型晚会《崇高的荣誉》《和谐的音符》

《红色经典音乐会》《忠诚颂》《唱响奥运、地坛手拉手》广场演出等；出版画册《献给祖国的歌》《时代风采》等；曲剧《鱼水情》；编写图书《政法之歌》《同一心愿》《时代先锋宋鱼水》《平安北京》《天安门警察》《2008，法治同行》等。

尤其在2008年奥运会期间，由我任编委会副主任、副主编，中华文学基金会副秘书长王永强、解放军文艺出版社副社长董保存分任编委会委员、副主编、责任编辑，著名书法家欧阳中石先生题写书名，解放军出版社出版，由中国作家协会领导铁凝、张锲、邓友梅、冯骥才、陈建功、张平、高洪波等担任顾问，知名作家莫言、张平、董保存、叶延滨、曾凡华、杨锦等执笔创作的反映首都政法系统公正执法楷模方工、时代先锋宋鱼水、法官妈妈尚秀云、博士刑警左止津、公诉尖兵吴春妹、女监狱长李瑞华、最美交警孟昆玉等先进事迹的报告文学集《他们是这样的人》，出版后广受好评。

从军营走来、从广播站走来，我写作生涯的矮树枝头也结出了几个青色的果子。除编辑出版各类图书、电视片，组织大型晚会四十多部、台外，自己也先后出版了散文集《泉》（2001年10月，海南出版社）、《涛声》（1995年6月，南海出版公司）、报告文学集《风起天涯》（2003年6月，作家出版社）、随笔集《上善若水》（2014年7月，中国长安出版社）、《剑锋时评》（2003年9月，作家出版社）、文论集《观潮》（2002年3月，新华出版社）等。这些不足挂齿的果子，也算是对三十六年前青涩记忆的一个小结。

如今，在我记忆的深处，我永远是那个不知天高地厚、誓不成才死不休的奋斗者、跋涉者。

我相信，青涩的记忆珍贵之处，就是让人永远年轻。永远是不知疲倦的"毛头小子"。永远在写作的天地里，写写写！写得泪流满面，汗流浃背，写得敲烂键盘也不止。

回顾青涩的记忆，仿佛我又更深一步理解了诗人艾青说的那句名言："为什么我的眼里常含泪水？因为我对这土地爱得深沉……"

是啊，或许在翻开三十六年前剪报贴的那一刻起，就是老天在提醒我"君子自强不息"的道理。让我奋斗的人生一刻也不能止步。

就让我顺天命，把青涩的誓言当成永恒的追求，在写作的天地里不断奋斗吧！

原载于2020年7月28日《法制日报》

那锅 "开了花" 的饺子

岁月留香。那锅漂了一层白菜片、葱花、碎面片，升腾着热气，热气里弥漫着浓浓清香的 "开了花" 的饺子，三十多年来，一直在我脑海里萦绕，成为我军人生涯的 "黯然销魂掌"。

那是上个世纪八十年代中期，我从老家陕西汉中应征到关中空军某部当兵。经过三个月的新兵训练，通过一系列考核，被分配到连队当了一名侦察员。

刚到连队不久，就迎来了农历新春佳节。

这是十八岁的我，第一次离开家乡，第一次离开父母，第一次在异地他乡过中国人最隆重的节日——春节。

而且，是在军营。

没有了父母的陪伴，没有了贴春联、挂花灯、穿新衣，到街上购年货、吃各类小吃的热闹，心里暗暗升起一股股莫名的悲凉和哀愁。

不知不觉间，既想家又想过年，更想年夜饭那一锅香喷喷的饺子。

好在指导员早已宣布了年三十吃饺子的喜讯。所以，大家都盼着三十儿上午的迎春诗歌朗诵会、说年俗话年节的小型联欢会早日结束，好痛痛快快吃一顿年夜饺子。

自从离开家乡三个多月来，几乎天天是馒头、米饭，偶尔会有面条。最喜欢的饺子，早已在记忆里远去。成为我梦寐以求的奢望。

思念饺子，不单是年节的期盼，更是饥饿味蕾的奢求。

这顿饺子，对我如禾苗久旱盼甘霖，在焦急地等待中。

下午，按连里安排，分班去食堂领取面粉、大白菜、肉、葱、姜等食材，拿回宿舍自己剁馅、包。然后，排队去食堂大锅里煮。之后，端回宿舍吃。

中午会完餐，按班里安排，先是把每个人的脸盆、中午会餐的空啤酒瓶、两张床板（把床两边的活动床腿收起来，就是一张床板），拿到院子里洗漱台用洗衣粉洗得干干净净，以便包饺子时装菜、馅，擀饺皮，放包好的饺子等。

然后，到食堂排队领取食材。

终于领到了白菜、肉等，按分工，大家七脚八手地忙活起来。

我和另一名来自四川的新兵都没经历过这阵势。在家也是养尊处优，根本不会包。就被派去洗床板、脸盆，排队领取食材，最后负责煮。

其他几名老兵经历过，但也是外行。只有一名山西老兵有些经验。所以，瘦瘦高高的山西兵，既是和面、擀皮、剁馅等的主力，又是这顿年夜饭的"总指挥"。

在山西兵的指挥下，大家各展所长、分工协作。很快，满满一床板饺子就包好了。但是，大小不一，形状各异。班长和另一名老兵是四川人，包的是馄饨样；河北、湖南、山西等地的战友，包出了记忆中的"麦穗""银锭""猫耳朵"等样式。

关键是，啤酒瓶擀出的皮，大小、形状、薄厚等不一，使包出的饺子，更是"千姿百态"。

班长讲，上次吃饺子，一煮，全都散了。成了一锅面疙瘩汤。提醒大家，包的时候要用力捏紧，以免煮时再散了，煮成了一锅面糊糊。

但是，千叮咛万嘱咐，还是被班长言中了。

轮到我们班煮了。心心盼盼的，一揭锅，还是散了一大半。

望着一锅"开了花"的饺子，早被年意、饥饿、期盼等夹杂的年夜饭吊起胃口的我们，还是把它"一抢而光"。

记得当时，我们把装得满满的、"开了花"的饺子，端回宿舍时，谁都没顾上看和说话，拿起大碗就往各自的碗里"抢"。不一会儿工夫，几大脸盆饺子就被"抢得"盆尽碗尽，肚儿圆圆。

吃完后，我发现我长大了。

从此，知道了劳动的珍贵。懂得了靠双手创造美好生活的滋味。

更珍惜起，每个年轮赋予人生的意义。让人生的每一个年轮，都像那"开了花"的饺子般绽放。

如今，那锅"开了花"的饺子，还在记忆的心海里开着花——是我军旅生涯的成长之花，人生岁月的成熟之花。

久久，难以忘怀。

难忘那年"钢丝面"

源远流长的中国味各式各样，那年军营里的"钢丝面"却记忆犹新。

那是上个世纪八十年代中期，毛头小子的我穿上军装，离开山水如画的陕西汉中，来到了八百里秦川服役。

部队是空军高射炮兵（在新时代强军的路上，部队早已成为历史，被裁撤），伙食标准居中——比陆军的强，比海军差，在空军里也算中下游水平。天天有大米饭、白馒头，偶尔还有一顿面条等调剂。吃得大伙惬意满满。

当时，我刚结束新兵训练，分到连队侦察班，担任标图员。标图员，就是把前方雷达站传来的密码，迅速在脑海里破译，在军用地图上把前方敌机的高度、方位、机型、批次等准确标示出来，供身边的首长决策——调动炮位打击或织成火力网拦截。

论工作量，不是很大。比起新兵连来，轻松多了。每天除早晚操外，就是政治学习、背密电码、研究地图。

然而，十七八岁的小伙子正是长身体的时候，天天都在吃了上顿盼下顿的饥饿状态中度过。每当吃饭前，战友们心思都花在了今天怎么能吃饱上——抓住打饭的唯一一次机会，一次打个"够"、吃个饱。

开饭前，要列队唱军歌。然后，分排分班依次打饭。打完饭，回到站立的地方，蹲地吃。一个连，几百人用餐，每当排在第一的已经吃完了，排在最后一名的还在等着打饭。所以，要想吃饱，必须抓住打饭这唯一的一次机会，把饭"打足"。

"打足"，我们发明了很多方法。

吃馒头，左手拿着盛小菜的瓷盘，扣在装粥的大瓷碗上，右手拿着一双分开的筷子。打时，两根筷子朝热气腾腾的馒头猛一用力，一边能插上三四个，最多一边插上四个馒头。这样，一次能打上七八个馒头，是两人的量，就能吃饱了。

吃面条，提前在炊事班把情报摸准。拿上用洗衣粉反复清洗的干干净净的大脸盆，直接上阵。轮到打饭时，炊事员再怎么"不待见"，打上一大瓢放到脸盆里，也是两三碗的量。端着脸盆跑回原地吃，也能吃得"肚儿圆"。

遇米饭，不好意思用脸盆打，只能把盘子、碗全"冒"上饭，也能将就吃饱。

一个秋天的中午，国字方脸、高高瘦瘦的连长，拖着四川人特有的口音，告诉刚刚唱完军歌、准备打饭就餐的我们："今天吃钢丝面，是内蒙古美食撒！好吃，但不好消化，大家悠着点!"

操着山西口音的指导员，接着补充说，小平同志提出了三步走的战略，到八十年代末实现国民经济翻一番，基本解决人民的温饱问题。陈云同志也说，八十年代，国民经济发展急于求成，发展比例严重失调，国家财政状况比较困难。所以，国家还不富裕，部队要支持国家建设，把细粮粗粮供应的比例适当进行了调整。

指导员接着说，为了把粗粮做出花样，做出细粮的味，炊事班里的内蒙古籍战士提出了建议，把家乡美食钢丝面制作给大家吃。说着，指导员指着身旁一台做钢丝面的压面机，继续说，购买这台机器不容易，请大家吃的时候要珍惜。指导员还补充说，钢丝面很像部队驻地的饸饹面，吃起来筋道、耐饿、味美，但不能多吃。

指导员的一席话，把成天处于半饱状态的我们的味蕾都挑了起来。大家争先恐后，使出"浑身解数"地吃。结果，一顿饭下来，全连人几乎没有不吃"撑"的。

那时，大家年轻气盛肠胃功能好，吃过之后，没有人身体不适。反而，也就是钢丝面，彻底扭转了全连战士成天喊饿"争吃"的状态。

一个时期，很少有人再喊饿了。

一年后，连里的伙食供应又恢复了细粮为主的日常。

钢丝面，是玉米面制品。状似干燥、脱水的饸饹面。制作时，先将玉米面稍加水拌湿，经专门机器强力挤轧而成。制作过程与钢材冷作硬化相似，故得名。其色，金黄，细弱似"黄绳绳"。硬而不脆、软而不绵，食之柔韧有力，一反玉米面常态。

据《中国大百科全书》介绍，不可多食。多食会腹胀，需用温水送酵母片帮助消化。

据了解，内蒙古西部人大多祖籍山西，有爱吃面条的基因。那些年，由于缺少麦苗，人们为了能吃上面条，只能打玉米面的主意。

然而，玉米面特性酥散不易成形。苦思冥想、搜肠刮肚，终于采用高温高压的原理改变了玉米面的性状，使玉米面变成了蒸不熟、煮不烂、咬不动、嚼不散，吃下去如钢丝"团团转"的钢丝面。

中华复兴，全面小康。

早已退出内蒙古人餐桌的钢丝面，偶尔在超市货架上也可见踪影。见到，我的心里又浮想起部队那段艰苦奋斗、自力更生的年代。

钢丝面，你用无私的爱和奉献、柔韧不屈的执着，让那段艰苦岁月变得美好；让那群饥饿汉子们，成长为血性的中国军人。

你，就是宇宙中滋养万物的佳肴。

叠军被

"出门看军姿，进门看军被。"这句话，说的是军人的基本功——军姿是"外形"，军被是"内象"。这两样，是军人的形象、军人的标志，缺一不可。

上世纪八十年代中期，我由地方青年应征为空军某部战士。背上背包，挎上水壶、挎包，风尘仆仆地来到关中西部的军营。

迈进军营的那一天起，我才知道背上的"行囊"（被子）就是军人的"脸"。是军人的荣耀、军人的底气、军人的"成色"。

叠被子，是迈进军旅生涯的第一步。

小个子的四川籍班长告诉我："把被子叠得像'豆腐块'一样棱角分明，不仅是内务工作的普通环节、小小技能和要求，更是检验是否是一名合格军人的重要标志。"

听完班长的话，再看他那套墨绿已洗得发白、白中透着嫩黄的、四角分明、平整柔顺、直角拐弯、直线加方块，美得像一件艺术品的"老兵被子"，我被震撼了！

我怀疑起了自己的眼睛。

怀疑看到的物品，是否真的就是一床被子。一床普通的军用被子。

生性好强的我，暗下决心：要"跟上"这名班长。

从此，叠一床像新兵连班长一样的军被，就成了我当兵的一件大事。

一晃，三个月的新兵生活结束了，我的梦想还仅仅是个开始。

到了连队，分到了班里，班里七名老兵的被子又让我和另一名四川籍新兵震撼了：个个叠得都四棱上线，平整平滑，有模有样。都不亚于新兵连的班长。唯一的区分是，兵龄不同，七床被子由绿褪色而慢慢点染出的、白中透黄的程度不一。这种色，也代表了一种老兵的资历和荣耀。

要把一床普通的军用被子，叠得平平整整、颜色又绽放出诱人的异彩，没有两年以上的兵龄是做不到的。一是棉被的棉花、布料天性松软。要白天叠得方方正正地摆着，晚上展开御寒，本来就是一个挑战。在叠的合、用的开中，是对棉花、布料的精心设计和打磨。二是军被的颜色都是草绿色的，没有多次洗涤，不会自动褪色。所以，叠军被不但是对技能的训练，更是对耐力、品格的磨炼。对军人生活整齐划一，服从命令是天职的职责、使命、忠诚、信仰的锤炼。

一个刚刚走出校门、离开父母庇护的社会青年，如温室里的花朵，只有在日复一日、年复一年的叠被子的打磨和历练中，才能让其慢慢找到自己与从前的不同，找到自己的角色和定位、职责和使命，不断肩负起家国情怀的社会责任。

　　有了这些理解，有了每天起床后快速地洗漱、整理内务的警示，使我更多理解了叠被子的内涵和意义。懂得了叠被子是新老军人精神的传承。让我瞬间打开了心扉，找到了叠被子的"诀窍"——军人的使命和情怀。

　　在班长的言传身教下，我找来了砖，在不检查内务时，按"豆腐块"的黄金分割线，把被子的几个角死死地用砖压住。让它越来越实，越来越平整服帖。同时，按班长的传授，每周都把被子洗一次。洗，也有诀窍。先放洗衣粉把被子浸泡两小时，然后清洗。清洗完后，放漂白粉再漂一个小时。周而复始。

　　就这样，通过一年多的"叠叠叠"，终于，我的被子也有模有样了。

　　而今，离开军营三十多年了，在军队养成的叠被子习惯一直未改。虽然不是军用棉被，但是，每天起床后，马上要把被子叠得整整齐齐、放得规规矩矩。

　　回想起叠军被的时光，就是一段铭记军人本色的精神历练和享受。

　　从叠军被中，我延续了一代代共和国军人的优良传统和优良作风。延续了他们用鲜血和生命铸就中国军人军魂的英雄主义气概。延续了人民军队为人民的崇高使命和情怀。

这段经历，让我在人生岁月里享之不尽，受之不竭。

至今，还在激励着我奋斗的步伐。

拔军姿

挺拔的军姿，是军人与老百姓的重要区别，是生命里有当兵历史的标志和荣耀。而今过去三十多年了，挺拔的军姿仍然让我"巍然屹立"，走到哪里都受到瞩目。

受用半生的军姿，却来之不易，是"拔"出来的。

上世纪八十年代中期，军人既是最可爱的人，又是时代的宠儿、骄子，更是老百姓艳羡的风流人物。走出军营，军姿是众人眼里的风景。

那一年，我在艳羡中走入部队。

我入伍的部队是空军，身高要求一米七以上。我，刚够格。但因家境不富裕，从小营养跟不上，体重才九十多斤，偏瘦。部队发的最小号的五号军帽，戴在我头上都"打圈圈"。非要在内衬垫一圈旧报纸，才能在头上"稳住"。再加之打小没少帮爸妈干体力活，走起路来就是一棵"歪歪树"。要培育出挺拔的身姿，符合军人要素的军姿，难上加难。

穿上军装，到了新兵连，新兵连教官反复强调，能否在帽子上钉上"红五星"、两边领口别上"小红旗",成为真正的军人,第一关,就是军姿。

部队驻扎在关中盆地西部,属渭河地貌。夏季高温多雨,秋冬寒冷有雪。

深秋时节的一个下午,我们一行三百多人从老家陕西汉中坐火车到达了关中平原的咸阳。一下车,就被军用卡车拉到了新兵连。

生平第一次出远门,坐了七八个小时的火车,已很疲惫困倦。一下车,又背着背包,提着沉甸甸的一大袋书,在军用卡车上摇来晃去,浑身上下都不自在。

卡车飞驰。公路两边高高扬起的尘土吸进鼻孔、融入胃里,瞬间,呕吐不止。一个小时的车程,在敞篷卡车上"难耐"的我,已呕吐了好几次。到达教导队,人已近虚脱。躺在床上,敏感的胃在温水和粥的浸润下,慢慢恢复了。

次日一早,我头天"反常"的举动被教官盯上了。点名让我出列,并告诉我,拔军姿,是军营的第一课。军训这一关过不了,就别想当军人,就要退回原籍。

当兵,当一名军人,是我记事起就执着的梦想。退回原籍,怎见江东父老?

那一刻,我暗下决心,就是刀山火海也要挺过去。要戴上领章和帽徽,成为一名真正的军人。

初冬的关中大地,太阳像火魔,毒辣辣地烤着大地。

训练场上，第一课就是练军姿。军姿和队列，是军人的必修课。军姿的动作要领是：挺胸、抬头、目视前方，两肩向后张，两腿分开六十度、挺直，大拇指贴于食指第二关节、两手自然下垂贴紧……通过这一系列动作，能将体内的气和身上的每一块肌肉、骨骼，协调到最佳状态。将气与力完美舒展。站成一棵挺拔的劲松，站出浑身兵味、军人本色、赤胆忠诚。

但是，就这一动作，没当过兵的人，体格再强壮，不下一番工夫，不掉三五斤肉、十来斤汗水，很难达到标准。何况本来就瘦弱的我？

大家站了没几分钟，从高到矮，笔直笔直的队形就开始乱了。再过几分钟，就有倒地的。反而，我这位被教官点名的弱者，站在那一动不动。

当时，汗水已从我的额头、头发慢慢滚下来。前胸、后背、大腿、手臂，都不断冒出豆大的汗珠。但是，为了不被退回，我忍着。

时间一分一秒地过。头顶的烈日仿佛火魔喷出的火舌，不断往我脸上、头上、身上喷，一股一股，速度越来越快，火苗也越烧越旺……在时钟指向十分的时候，突然，我的头发昏发胀，脚底一软，一头栽到了地上。

第一天，我就这样败下阵来。

醒来，躺在宿舍的床上，我后悔不已。但坚定的意念告诉自己：要挺过去！挺过去！第二天，又是十分钟刚过一点，我又晕倒了。

人是铁饭是钢，一顿不吃心发慌。我知道，我第一次出远门，从鱼米之乡的塞上小江南汉中，来到黄土高坡的关中，虽然都在陕西，但风俗相差很大，尤其是饮食。每天只勉强吃几口，训练根本扛不过去。所以，从第三天开始，我咬着牙逼自己吃。肠胃不舒服，也要吃，拼命地吃。吃得肚胀肚圆，吃得噎到了嗓子眼——虽然很不习惯天天早晨咸菜、馒头、玉米粥，中午馒头、炒白菜、萝卜，晚上还是馒头，但是，我强迫自己吃。很快适应了。到军训三个月结束时，我已由一开始一顿一个馒头都吃不完，到一顿要吃六七个馒头。真是胃口大开，身体也很快强壮了起来，能跟上训练的步伐了。

一晃，一周时间过去了。我的脚，像装了假肢，每天一点感觉都没有。军训一结束，稍微动一下，就像触了电，又麻又痛。然而，使劲地吃，身体慢慢有了抵抗力。不再像花朵，太阳一晒风一吹，就会倒下。可是，不能放松。我时时在提醒着自己，要顶住。

体力慢慢跟上了，但动作就是不标准。尤其是挺胸、两肩自然向后张，我怎么也练不好。经常练着练着，思想就开了小差，头就偏了。如何纠正，有什么秘诀？

无意中我听说，在衣领口扎一圈大头针，人站在墙根面壁，可以纠正这个动作。

晚上，吹熄灯号前，我找了一大把大头针悄悄别在领口上，到营房僻静处去面壁。结果，这个秘诀真管用，不出一个月，让我慢慢纠正了陋习——永远抬头挺胸，目视前方，岿然不动。

练军姿，练的是规矩。刚开始训练，大家对教官提醒不能动、不能笑，置若罔闻。一次，我又不经意间犯了规，被教官请出队列，命令我绕操场跑三十圈。跑到一半，我就跑不动了。最后，硬是走完的。走，走的每一步都像针刺。像针扎在脚底，痛在心底。连滚带爬，最后爬也爬不动了，只能忍着挪到了终点。

对我罚跑，还不是最严厉的。最严厉的，是对一名"刺头"的华北兵罚"卧冰"。这名兵，怎么体罚都不长记性。刚罚完，没过几天，他又"犯规"了。迫不得已，教官使出了最狠的招——让他"卧冰"。

现在想起来，"卧冰"的处罚，教官有点激进，但是，从此治愈了他的"顽症"。

卧冰，就是在天刚刚下过雪，大地一片白茫茫中，让受处罚者前胸贴在厚厚冰面上反思。关中这样的天气不多，但遇上是"两毒"：太阳火辣辣的"毒"，冰面刺骨的"毒"。所以，一般被罚过的人，不到几分钟就头上、背上大汗淋漓，胸前渗骨的湿。瞬间，就会彻骨地"晕过去"。

一次次的训练，一天天的"拔"。三个月的新兵生活一晃结束了，我们连没有一个掉队的，都成了合格的军人。

而今回想起来，正是那段严酷的"拔军姿"生活，让我从骨子里、血脉里、生命里，有了军人的身子和本色，有了军人服从命令、听从指挥，敢于吃苦、勇于吃苦、不畏艰险、勇于胜利的情操和品格。

我骄傲，在我的生命里有段当兵拔军姿的岁月。

这段岁月，对我以后结缘政法，有坚强的体魄在摸爬滚打的政法战线忠实履职受益至今。使我终生铭记。

原载于2020年7月13日《解放军报》

我家的老先生

年逾九旬的父亲，就是我家的老先生。

这些天，这位固执、倔强、刻板，像活化石又像古灵精怪老顽童的老先生，突然感到连当学生的资格都不够了——两件小事，一件是我家门锁换上了智能指纹锁，大拇指就是钥匙。学习一个多月了，老先生愣是学不会开锁，打不开门。每天去户外健步走的他，也只好偃旗息鼓。因为母亲身患四十多年类风湿，手脚不便，他出门后回家，开不了门，母亲也不方便给他开门！

另一件事是，父母从老家陕西汉中来北京与我生活，社会保障卡要通过网上年检。老先生很不适应。学习一周多了，还没"过关"。年检过不了关，他感到很恼火。因为两手端着手机，按小程序提示音"张开嘴""左右摇头""上下点头"等规定，就这几个动作，他做了无数遍了，但是，手机提示音里的"小女孩"（机器），还是不让他过！他气得连连抱怨说，难道这比他解放初期扛枪抓土匪，擒敌特还难？！

就是这两件小事，让总以万事通百事灵居之的我家老先生为难了！这几天，他终于告诉我："老了！老了！跟不上时代步伐了！"

其实，开门锁是源于他的习惯。因为他习惯了用钥匙开锁。现在的智能锁是指纹识别，他很不习惯！经我再三解释，并启发他大拇指就是钥匙，锁头上大大的黑框就是钥匙孔，把手放在黑框内，就是把钥匙插入钥匙孔，锁"嘀嘀"两声响就开了。但是，怎么教他，他都学不会。因为他心里固执地抵触，认为这样开锁不好！认为这种开锁方式没有钥匙开锁好！

抵触情绪下，他又倔强地找出了新的理由：说自己左眼视力只有零点三了，右眼几乎失明，看不见锁头的黑框！为此，我赶紧带他去同仁眼镜店验光后配上了眼镜，再教他开。他又说，楼道光线太黑，看不清楚！情急之下，我又赶紧给他买回了手电筒，让他出门时带上，并告诉他："开门时，戴上眼镜，打开手电筒，这样，大大的锁头黑框一目了然，把大拇指往黑框上一放，听到'嘀嘀'声响，锁就开了。"还启发他，这样总比薄薄的钥匙片对着小小的钥匙孔开锁看得清、开得方便。但是，他至今还是学不会！

学不会，难道真是老先生智力退化了，返璞归真成婴幼儿般难学难教了？不是！自从配上眼镜后，他"刻板"的学习的进度反而加快了！

他有每天孜孜不倦学习的习惯。近年来，他的视力逐步下降，妈妈督促他保护视力。他把天天读书读报的习惯由五六个小时调整为一个小时，天天写杂记的习惯也暂停了。但是，自从眼镜配上后，他学习不但天天恢复到五六个小时，有时甚至长达七八个小时。而且每天清晨起床第一件事就是记录当天要做的事！晚上睡觉前，还要把当天生活中的所见所闻所思所想一一记录下来。数十年如一日，从不间断。

就这样，2015年，他出版了记录个人人生轨迹的长篇纪实自传作品《大爱无疆》（线装书局出版社出版）。书中记录了他战火硝烟中参加革命，直到荣退，荣退后，陪母亲安度幸福人生的点点滴滴。文章朴实生动，读后令人动容、催人奋进！让读者从一位老革命、老政法、老检察官身上，看到了一代代共和国优秀儿女为党和人民矢志不渝、砥砺前行、无私奉献、大爱无疆的"老先生"的风骨，"老先生"的风范，"老先生"的情怀。

其实叫父亲"老先生"，透过他走过的近九十年人生轨迹，是名副其实的。父亲在旧社会只读过两年半高小，后在陕西汉中的炮火硝烟中走进革命队伍。之后，他在区公所、县政府、县委等工作。1954年，中华人民共和国第一部《宪法》表决通过，为充实法院、检察院力量，父亲因工作成绩出众，由党政干部被调入县人民检察院工作。同时，被组织保送到中央政法干校西北分校学习，并以优异成绩经时任最高人民检察院检察长罗荣桓批准，授予全国第一批、全县第一位，也是当时全县唯一一位共和国检察官。工作一年后，他感到自己学问有限。尤其在依法办案中感到自己知识不够，需要学习。结果，他向领导请假突击了三个月，一举以当年陕西文科状元的优异成绩考入了陕西师范大学中文系。

这次考试，是老先生热爱上学习的开始。父亲说，他小时候家里有八个兄弟，他排行老四。家庭贫困，根本没经济能力上学读书。所以，他能在乡里读两年高小就很不错了！参加革命后，他深深感到，干革命事业光靠热情、体力是不够的，还要有科学文化知识。所以，他就立志要活到老学到老！

就这样，他学习到了今天——年近九旬了，依然孜孜不倦！

父亲左眼视力仅剩零点三，右眼几乎失明，与学习没关系。但是他没有因为视力差而影响学习。父亲讲，那年他被错划为"右派"，下放到汉中秦岭山脉义务砍伐木材，被漆树汁液溅入双眼，当时幸亏处理及时才保住了左眼。因而，近乎失明的他，就这样度过了六十多年的学习人生。

俗话说，要为先生，先当学生。孔子也云：先生，父兄也。老先生，《汉书·贾谊传》就有"诸老先生"之称。2015年，华夏出版社、天地出版社共同出版了《老先生》一书，收入了当时年逾八旬高龄的张中行、萧乾、胡绩伟、李普、方成等二十八位先生的书信手迹，诠释出这些老先生的"文章千古事，得失寸心知"。

记录我家老先生在新时代学习的点滴"丑事"，实为"意到笔不到"！尤其是他从不以老先生自居，始终以学生埋头学习的执着、淡定、从容、谦逊、达观、博学（一本《现代汉语成语词典》常备手边，天天阅读，天天查询生僻字词），让晚辈的我终身受益。

岁月流沙，时光在俯仰之间的指尖滑落。甘当学生，再当先生的父亲，在流沙的岁月里，任庭前花开花谢，任天空云卷云舒。

在他近九十年的风雨人生、烽火岁月、激情时代、光辉年轮中，在陕西汉中的汉水边，在随儿子赴海南的沙滩上，在而今繁花似锦的首都北京，在书房、餐桌、床头等，都有老先生学习学习再学习的身影！

学习中的他，闲情偶记、信手点染的杂记随笔，已成盘中珠玉、掌上紫砂、心中玫瑰，永远是儿女学之不尽、用之不竭的精神财富。

最后，让儿子从内心轻轻地赞叹一声：老先生，你永远是时代的弄潮儿！你没落伍！你是先生，你行！

原载于2020年6月16日《法制日报》

"白头翁"大厨

　　年逾九旬的父亲，就是我家厨房里的白头翁。数十年如一日。一日三餐，变着花样。虽是粗茶淡饭，家乡口味，但，吃得妈妈和我暖在胃里，甜在心头。

　　父亲成为大厨，是赶鸭子上架。因为母亲身患类风湿病已近四十年了，左右腿髋关节近十年来分别换上了假肢。不能长时间站立。再加之，母亲近年来风湿病已到中晚期，手脚严重变形。尤其是双手，一丁点力气都使不上。抓筷子都要特制的，很轻很轻的小竹筷。所以，母亲只能告别厨房，由父亲接任"大厨"。

　　父母都是离退休干部。在家乡陕西汉中荣退。膝下四个孩子。我排行老二，在北京工作。其他三姐弟都在老家汉中。父母一直单独居住，衣食住行自主自立。这些年来，父母常常从老家汉中来北京探望我。所以，我就有了尝到"白头翁"大厨做出的饭菜的机遇。

　　父亲这个"大厨"是母亲一手教出来的。父亲在战火硝烟中参加革命，在革命队伍里干了一辈子。手上从来没沾过厨房里的油腥。更不要说煎炒烹炸了。所以，叫父亲是大厨，是美称。

"沾"上厨房近十年来，其实，父亲只是"大徒弟"。一直都是"大徒弟"。每天一日三餐，都是"大师傅"母亲头一日耳提面命下菜单，次日一早，父亲按菜单去菜市场购买。然后，坐轮椅的母亲一边帮着择菜，一边教"大徒弟"父亲洗、切，配菜。再然后，掐着时间的母亲，看时间一到，再指点父亲上灶台操作。每道菜，每个工序，每匙调料，每滴油、醋、料酒等，啥时放、放多少，加水否、加多少，要不要扣上锅盖焖，要不要中途再添加什么菜和作料等等，父亲都按母亲的教导办。之后，母亲再教父亲做主食，或面或米饭或饼或饺子或馒头或粥……每餐如此，每日如此，每年如此，数年如此。

有几次，父亲以为出师了，没听"大师傅"的话，想靠记忆逞逞能。结果，要么盐少了要么油少了要么醋少了，再要么饭煳了或夹生了等等，总是出状况。所以，父亲这个"大徒弟"，是我见过最笨，也是最听话、最尊师重道的徒弟。说"大"，真是名副其实的"大——徒——弟"。

所以，就是母亲偶尔身体不适，"大徒弟"也离不开"大师傅"的教导。这时，躺在卧室里的母亲凭耳朵的听力，也要大声喊："老头子啊，该放料酒了，该放十三香了，一小勺，千万不能多，该放豆瓣酱了，一大筷头……"不一而足，只要离开了"大师傅"的口授心传，父亲做出来的饭菜保准"煳"了。

父亲这个"大厨"，应该是"地方小厨"。因为他一年四季做的菜，都是老家陕西汉中特色。真正能上桌的八大菜系十大菜系的，一样也做不了。为了把地方小吃做得正宗，父母每次来北京探望我，都要把事先自己制好的辣椒面、花椒粉、泡菜引子、酸浆水菜引子、咸菜、红豆腐、豆豉、辣椒酱等，原汁原味全都带来。这样做出的菜，才不失家乡口味。

每天每顿，吃着在母亲指导下，父亲做的酸嫩淡美的菜豆腐，软滑爽口的凉皮，酸辣可口的浆水面，咬一口芝麻花椒香气四溢的蒸花卷，薄脆奇香的烙油饼，胀膨膨甜酥酥的烤锅盔，自制泛着红黄青白色的鲜剁"当口"姜葱蒜辣椒小菜，浓香的豆角土豆焖排骨，闻一闻都流口水的清炖猪前肘，严重刺激味蕾，找到回家感觉的豆豉炒腊肉，尖椒炒咸菜等等，吃得我们，像在汉中过年，同时又把思乡的情感随味蕾而飘向秦巴山脉，汉江两岸！

看看白头翁父亲下厨，几年前，我也心痛过、制止过。但是，一次全国老龄委一名专家在讲授老年人延年益寿时，介绍说："老年人最大的长寿秘诀，就是从事一些力所能及的劳动，既能活跃筋骨又能锻炼大脑，对老年人的身心百利而无一害。"我把这个观点告诉了父母，勉励父亲下厨。但一定要适可而止。一晃，几年过去了。看来这个观点，有效。

因为，年逾九旬的父亲至今红光满面，精神矍铄，思维敏捷，行动灵巧。见到我父亲的朋友都问我："你父亲有六十几了？"这一问，让当大厨的白头翁父亲更乐此不疲了。

吃"白头翁"大厨做的饭，本身就是岁月赐予儿女的天大的福分。作为儿子的我，珍惜有加。每一粒饭，每一丝菜，每一滴汤，我都顿顿扫光，净盘净碗。因为，吃进去的不单单是饭菜，更是九旬父亲用心血和年轮的天光，为儿女揉进和洒下的至高无上的爱。

这种爱，是父母对儿女的福佑。爸爸我爱你。"白头翁"大厨，我们爱你。

原载于2020年7月26日《北京晚报》，2020年
8月4日《北京青年报》

人间美味菜豆腐

在北京，每逢周六、日，必要痛痛快快大吃一顿自制的家乡汉中菜豆腐。

尤其是夏季，先咕噜噜灌下两三碗冒着热气、散发着酸香的清浆，满嘴滚烫，脊背发痒，整个人立马感觉从天灵盖到小腹一下就贯通；再吃上两大碗软嫩、爽滑、清香四溢的菜豆腐，给肠胃"加加码"，从头到脚一路通透，全身汗湿，嘴里也不时泛着菜豆腐特有的甘甜。一会儿，小腹在不断咕噜咕噜鸣叫中，便会酣畅淋漓地排出体内的不适。瞬间，浑身如释重负，脾胃大开，神清气爽，清凉一夏。

好一个天赐美味！既让人感受到色香味的美，又卸下了体内的"重负"，享受到"清肠刮肚"后一身轻之妙。调了身之躁，泻了心之火。口口都是满满的乡愁，口口都是滋养的佳肴。不愧为人间美味，地方名吃。

俗话说，一方水土养一方人。这种奇妙的美，只有从小生长在陕西汉中的人，才能深谙个中滋味。

汉中，北依秦岭，南屏巴山，汉江穿城而过。是南北分界线，天然盆地，塞上明珠。饮食也南北杂烩。既有毗邻四川的南方麻辣味，也含西北陕西的酸辣味。偏重于酸。有"三天不吃酸，走路打偏偏"之谚称。家家备有浆水盆，户户储有酸菜坛。一年四季，酸味连连。所以，酸香迷人的菜豆腐便应运而生。

据考，菜豆腐自盛唐在汉中西乡一对青梅竹马的年轻夫妇家诞生以来，一千多年经久不衰，被奉为待客四大名菜（面皮、菜豆腐、浆水面、核桃馍）之一。成为汉上人家，越吃越爱吃的珍馐美味。

菜豆腐的工艺并不复杂。黄豆经过浸泡打成浆，用细箩或纱布滤去豆渣，将滤好的豆浆煮沸，加入浆水将汤点清，待其慢慢形成豆花，再将豆花舀出，压成豆腐块。压成的豆腐块，质地细嫩，色如白玉，酸甜兼备。然后，在剩下的清浆中加入少许大米煮制。快熟时，加入豆腐。此时，见汤见豆腐见米粒。

看锅中，澄澈的黄绿色汤汁可映出人影，素白的豆腐如白皑皑的雪片漂于汤上，如珍珠般的米粒沉在碗底，即可大快朵颐。食用时，可配上现剁的鲜辣椒（红绿各半）姜蒜与香油麻油等调制，切碎的小葱香菜香椿等与辣椒油拌好。一口豆腐、一口小菜、一口酸汤、几粒大米，入口香滑、沁人心脾，回味无穷。

看似简单的工艺，但要做出地道的汉中味，充满了

"玄机"和"秘诀"。首先是水质。做菜豆腐所用之水，取自汉江。汉江发源于域内宁强县，是长江最长的支流，是中国中部区域水质最好的河。中上游的丹江口水库，是南水北调中线的水源。其次是味。味，主要原料是酸香的浆水菜和汁。最适合做浆水菜的原材料是土生土长的雪里蕻。再次，是制作。如豆浆的纯度、浓度，下锅后加入浆水的时间、多少，点成豆花后压成豆腐块的方法等等。只可意会，不可言传。

能在他乡吃上家乡的菜豆腐，得益于父母常常伴我身边。他们每每到我工作的海南、北京探望我，都会带上我喜欢的浆水引子。入乡随俗，发掘出适合做浆水菜的当地蔬菜。产于广东的芥蓝，在海南常见，北京亦常有。虽与故土的雪里蕻有一定差异，但也能调制出家乡的酸香。

南水北调工程启用，在北京，天天都能饮着家乡的水。所以，这些基本条件具备后，又专门购置了打浆机、细笊、大铁锅等，成全了我周周都能吃上家乡美味的心愿。

痴迷于菜豆腐，不但是汉中娃离不开汉中饭，更重要是沉醉于菜豆腐的悟化。每每见父母制作菜豆腐，就是一个修炼心性、臻于至善的明心见性过程。从头天晚上泡黄豆，清晨起床磨豆浆，用细笊滤豆浆，倒入大铁锅烧沸后熄火，将浆水汁一勺一勺添入锅中，顺时针方向慢慢搅动……直到出锅，盛入碗中，一口一口将菜豆腐送入口中、滑入腹中，在肠内流转、消融，驯化体内的毒素，慢慢排出。瞬间，让食者悟出"谁知盘中餐，粒粒皆辛苦"的大慈大爱；悟出大自然的因缘生灭之美；感恩大自然赐予人类大豆、青菜等，轮回为盘中餐、腹中食，人间经纬。久而弥新，念念不忘。

忘不了十七岁穿上绿军装、步入军营前夜，妈妈问我想吃啥时，我脱口而出："菜豆腐！"

忘不了，几十年在外地工作，每每父母来探望时，指名道姓让父母带上家乡的特产——浆水引子。

忘不了，尝尽天南地北八大十大菜系后，菜豆腐仍然是最好的心灵期盼。

菜豆腐，不是一道菜，不是一顿饭，不是一餐美味，不是一次简单的生命遇见。它是浩荡长江上艄公号子喊出的汉上人家的淳朴美，是巍巍秦巴山脉谱写的绿水青山在人间的时代画卷，更是千年难以诉说的人间奇缘。

这奇缘，千年不尽，万年长伴。

因为，汉中是汉水、汉民族、汉文化的发源地，是中华龙脉——秦岭的腹地。

在静美的人间，菜豆腐薪火相传，绵长久远，芳香不绝。

在星辉斑斓里放歌

满载一船星辉，在星辉斑斓里放歌。

—— 徐志摩诗《再别康桥》

正是北京赏景时

入夏的北京，微风拂面、阳光和煦，走进久违的户外，或驾车、或步行、或骑车漫游，不论你居住、工作、生活在东边的朝阳、顺义，南边的大兴、丰台，还是西边的石景山、门头沟，北边的海淀、昌平，抑或是二环环线的东西城，刹那间，满目万紫千红、百花争妍、婀娜多姿、香气袭人，随处花红柳绿，草木青翠，柳絮飘飞，郁郁葱葱。

从宫殿到院落，从街巷到环路，从广场、商场、社区、厂矿、校园，到小溪、小径、湖泊、森林、公园，景，无处不在！美，无处不在！偌大的北京，瞬间美成了现代版的"富春山居图""清明上河图"。

爱美的网友随手拍的一花一草一木一树、一角一墙一巷一街的即情即景，惊艳了网络沉默的"潜水者"！惊诧了故人们对深秋北京美的赞叹！你瞧，美何止是冰心赞誉的"一到秋天，北京就美成了北平"！何止是老舍先生惊叹的"秋天一定要到北平住"的"人间天堂"！

美，何止在入夏。翻翻朋友圈，回顾回顾你手机中或自拍、或截图、或点赞过的京城美景，从己亥秋到庚子夏，而今的北京，美成永恒的月月、季季、年年，点点、片片、层层的秋、冬、春、夏。

美，醉了今人，惊了故人！美成了海晏河清、时和岁丰的视觉盛宴。来北京，你就在花海、绿荫、小溪、流水中徜徉，让人沉醉，令人忘我，迷人视觉，催人忘怀！让人在拥抱自然盛景中云淡风轻、心怀高远，感受出这里是北京、这里是首都的人间大美。

1936年5月，郁达夫在《北平的四季》一文中感叹道，北京的春到夏，只是一瞬。夏到秋，只是一次午睡。只有冬，是一段刻骨铭心的寒冷。所以，他惋惜道："北京春来无信，夏去无踪。秋，才是真正的秋！冬天，灰沙满地，只能室内饮。"林语堂在《北京颂》一文中也感叹曰："北京成为理想居住地的因素很多，我撮其三条：第一是建筑，第二是生活方式，第三是百姓。"朱自清在《北平，中国唯一的好地方》也赞叹有"三好"，即：大、深、闲。

岁月如歌，宇宙雄奇，万物自然，山河灵动。草木有情，人间有意，绿水青山带笑颜。北京，早已"换了人间"。而今，不但是政治、经济、文化、国际交流、科技创新中心，而且是和谐宜居之都。

来北京，除了一睹故宫、长城、颐和园、十三陵、北海、天坛、地坛、恭王府、四合院等多姿多彩的历史文化古迹和鸟巢、水立方、大兴机场、延庆世博园、怀柔"一带一路"论坛主会场等充满活力的现代地标景观外，遍地的春舞夏艳、秋灿冬炫，已是寻常美景。

"点开"北京，踏春赏花季，山桃、玉兰、丁香、杏花、迎春、连翘、牡丹、芍药、郁金香、海棠、月季等姹紫嫣红，令人陶醉；夏季里，"出淤泥而不染，濯清涟而不妖"的荷花在北海、圆明园、什刹海、玉渊潭等公园与你消暑避夏外，水塘、小溪、庭院、河流也随处可见荷花摆动、绿柳成荫；秋天，北京的红枫、白桦林、柿树、火炬树、油松、白皮松、银杏、元宝枫等，美成了一道道风景；冬天，己亥庚子的冬天，雪特别多，下了七八场，雪把季节美成了诗意，冰凌、红墙、青瓦、绿竹覆白，冰蓝北京……真可谓，一番季节，一阵风来，一种花开，岁岁如此，永不负；春夏秋冬，万木争荣，绿树成荫，枝繁叶茂，抬头有画，移步即景，四季赋予花草树木的精气神充盈在北京城乡，把北京美成了山水画廊，四季花海。

让绿水青山永驻，己亥年雏菊、朱砂梅、木棉花、百岁山、七里香等一千二百多种花木让北京世园会举世瞩目。世园会前夕，北京有关部门发布称，北京自1982年植树节邓小平在玉泉山义务种下第一棵树始，一代又一代人投身植绿护绿行列，累计一亿人次，植树二亿多株。目前，北京近半区域已绿化，人均绿地面积达十六点三平方米。山区，森林覆盖率达百分之六十，是生态涵养区；平原，形成了绿色生态走廊为骨架，通州大运河、永定河，南海子万亩滨河森林公园等休闲森林公园、千亩大森林、城市景观生态林等为主的城市森林公园体系。

据悉，北京城乡各类公园已达一千零五十个，建成"口袋公园""小微公园"五百多个，四季花红柳绿、鸟语花香、美美与共、各美其美、唯其美、斯其美，费孝通先生笔下的美已幻化成北京的一花一草、一街一景，幻化成首都的另一张名片，幻化成一个个诗意的音符，鸣奏出时代的最强音！

北京，赏景正当时！

原载于 2020 年 5 月 14 日《人民日报海外版》，

2020 年 7 月 5 日《北京晚报》

美哉，北京的云！

云，自古是文人墨客笔下的绝唱！是黎民百姓心中的咏叹！千变万化，神秘莫测，令人遐想，催人游思，让人神往。

想写北京的云，由来已久！最初，是本世纪初，笔者由海天一色的南中国海南调入北京工作。那时，见北京的云充满神奇——要么蓝天如洗白云飘，要么天高云深不知处，要么霞光万丈尽妖娆！

近年来，北京的云绽放出更雄浑的景色——"会作五般色，为祥覆紫宸"（唐代诗人李中《云》）。

今年以来，北京的云更加妙造而幻化、灵动而瑰丽：忽而"山静云初吐，霏微触石新"（唐代诗人张复《山出云》），忽而"灵山蓄云彩，纷郁出清晨"（唐代诗人陆畅《山出云》），忽而"又疑瑶台镜，飞在青云端"（唐代诗人李白《古朗月行》）、"碧落从龙起，青山触石来"（唐代诗人李峤《云》）……不时让人"如坠云海间，飘飘似神仙"。

大美北京！美哉，北京的云！

爱美之心，人皆有之。这美，在年轮流转里！在春、夏、秋、冬的季节变化中！在爱美人士的网络晒图上！你瞧，彩虹飞舞！你看，天马行空！你观，巨龙吐珠……千形万象，无羁无绊，尽收眼底，飘荡心田！——荡出繁花似锦的首都，荡出新时代新北京，荡出中华儿女博大的胸襟，荡出了五千年中华民族的恢宏气度，荡出金光灿灿的人间至景。

每天清晨，拉开窗帘，变幻莫测的北京云升腾起新的希望。在京华大地、在百业百岗，在奋斗不息的路上，让你的心随云飞扬，伴云出征。

昨天，风和日丽，好似花朵，漫天散开。今天，云淡风轻，似一条条丝带，淡淡柔柔地躺在云海里；昨天，蓝天作幕，白云或淡或浓或聚或散，美不胜收。今天，红霞满天，云朵与太阳拥抱在一起，格外灿烂；昨天，几丝淡淡的云凝结在无边无际的天空。今天，如油画般挂在天际壮美绚烂……云，千姿百态，收放自如，轻盈如纱，翩若仙子。在头顶荡漾、在心海沉浮，在每一个太阳升起的早晨，用形态各异的奇思妙影带你奋进不止，引领你上下求索！

北京的云，就这么奇幻地成了亦静亦动、亦美亦幻、亦快亦怒、亦得亦失、亦灿烂亦淡雅的人生风向标，指路灯！让你奋斗的人生，永不止步！

"晴晓初春日，高心望素云。"春天，云像报春鸟，用淡淡的"北京蓝"吟唱出生机盎然、风和日丽的春意北京；夏天，火烧云、七彩云云蒸霞蔚出"北京红"，把北京装点得灿烂多姿、美如夏花；秋天，深深的"北京蓝"尽染京华大地，天光云影，云龙万象；冬天，"白云升远岫，摇曳入晴空""舒卷意何穷，萦流复带空"。

北京云，蓝是它的基本色、底色、原色。如瑶池、似碧海，湛蓝而醇美。用"北京蓝"把祖国守卫。北京，作为中国的首都，中国的政治中心、文化中心、国际交流中心，每临庆典、每逢盛会、每遇重大国内国际活动，天公尽抒人意、尽放碧蓝碧蓝的"北京蓝"为北京人、为中国人长脸。肆意绽放，化为仙境。

如今，北京的云，每天都像一幅画，随心入境，出神入化，云天一色，任尔云卷云舒，至臻至化。

"接天莲叶无穷碧，映日荷花别样红。"用宋代诗人杨万里描写杭州西湖美景的诗句赞叹北京的云，无出其右。

北京的云，在天海里绽放，如盛开的夏荷，格外夺目而娇艳醇美！

原载于2020年8月1日《北京晚报》

温一壶谷雨春茶

"正好清明连谷雨,一杯香茗坐其间。"清代文学家郑板桥的这句诗,描绘出品明前茶、雨前茶的别有一番景致。饮茶,自神农"尝百草日遇七十二毒,得茶而解之"以来,渐进成为中华民族的约定俗成,历久弥新。品茶,据陆羽《茶经》溯源,自佛教传入中国以来,便与茶道有着千丝万缕之联系——茶,初为僧人原料,后为结缘赠品。茶道,香于唇;佛道,明于心。禅茶合一,六祖慧能见性成佛,把佛与茶融合,成了世人心与茶、心与心相通,明心见性、心身两修的文化;成了提升世人精神境界的玄妙礼遇和中国传统文化的独特现象;成了中国对世界文明的一大贡献。

庚子清明,抗击"新冠病毒",举国哀悼;谷雨日,午后的京华春雷乍响,彩虹绚烂。在自然与人类发展的特殊时刻,温一壶刚刚采撷炮制的明前、雨前春茶,更能体现出"一杯香茗坐其间"的禅茶一味:以一片叶子提神醒脑、进入禅定,体悟生命的美,修炼发现智慧、内心强大、影响人生，让世界更美好地知行合一，是庚子暮春禅茶一味的本真。禅，是心悟；茶，是灵芽；一味，是心与茶、心与心、心与社会、心与世界、心与宇宙相通，并生发出慈悲仁爱之心，积极进取、自强不息、共克时艰的强大抗疫精神力量。

禅茶一味之说，据记载，是宋代著名禅师圆悟克勤在湖南夹山著就禅宗的第一书《碧岩录》时悟出，并手书"禅茶一味"四字赠予参学的日本弟子荣西。至今，圆悟手书真迹仍被收藏在日本奈良大德寺。禅有禅妙，茶有茶道。禅茶合一，禅茶的每道程序都与佛典不无关系。都在品茗中启迪佛性，昭示佛理。佛，是觉者，是人类心灵和道德进步的觉悟者。习佛，在于洞察出生命和宇宙的真相，超越生死和苦，断尽一切烦恼，得到究竟解脱。恩格斯在《自然辩证法》一书中谈到，只有佛教徒和希腊人才可能进行辩证思维。佛在辩证中的"四大皆空"，就是要人们认清宇宙人生真相，解除身心束缚，获得解脱和自在。之后，积极进取，淡泊名利，乐于助人，利于社会，体现出人生价值。因而，把佛的"八正道"（正见、正思维、正语、正业、正命、正精进、正念、正定）融入点火、烧水、点茶、泡茶、喝茶的茶道中，体现出"清净""和敬""高雅"的禅茶合一文化内核，使茶从饮料蜕变成"道"，借助品茶寻求禅定而体悟出生命真美的力量。

清净心，即无垢无尘、无贪无怨、圆融自在的纯净心。有了清净心，在失意中能忍，在快意时以淡，在荣辱中能让，在烦乱时能静，在忧悲时以稳……品茶，正是由"静"入"净"的修行。和敬是佛家身和同住、口和无诤、意和同悦、戒和同修、利和同均的包容互爱、大慈大悲，正是品茶仪规中生发出的和。雅，禅之神在于悟，茶之意在于雅。高雅，正是茶承禅意、禅中存茶的妙用。因而，"雅"蕴含出"茶"的无限真谛，吃茶中又参悟出深远的人生况味。

茶有佛缘，禅与茶通。首创"佛茶一家"的西汉吴理真在蒙顶山修行时，便亦佛亦茶。茶圣陆羽三岁即被寺院禅师收养，从小就在佛与茶中练得采制、煮茶的高超技艺。唐末五代时，"吃茶去"，是禅师们接引弟子的偈语，以致唐以后在寺庙中专设"茶寮"，品茶与修佛、参禅同为一体，更为盛行。"禅茶一味"，茶要常饮，禅要常参，性要常养，身要常修。苏东坡、王阳明受禅宗文化影响，也成了茶的酷爱者。中国佛教协会前会长赵朴初先生也道："七碗受五味，一壶得真趣。空持百千偈，不如吃茶去！"

"一壶新茗泡松萝"。看来，茶当借暮春好时节回归百姓豪饮中。时下，温一壶谷雨春茶，享受多种维生素和氨基酸的清火、明目以滋身健体，并在一芽一嫩叶的"雀舌""赴汤蹈火、水漫吐姿、偃溪水声、随缘接物"中，透过茶而心灵悟境，在茶的苦涩不厌和甘爽回味里，品出人与自然、人与社会、人与世界、人与宇宙的大爱大美，悟出恬淡从容的禅机妙理，正当时！

原载于2020年5月12日《法制日报》

天人合一妙手济世

　　"问渠哪得清如许，为有源头活水来。"宋代理学家朱熹这首脍炙人口的哲理诗，为我们在这场"新冠肺炎"疫情人民战争中，反思灾难背后的社会发展，进一步战胜疫情，取得社会长足进步，找到了答案：天人合一。

　　天人合一，是中华文明的力量，既是医疾，又是济世的自然观、人生观、疾病观，方法论、认知论、医德论。正如列宁所说，任何科学都是应用逻辑。恩格斯也曾指出："没有理论思维，就会连两件自然的事实也联系不起来，或者连二者之间所存在的联系都无法了解。"《道德经》言：人法地，地法天，天法道，道法自然。把人和自然、人和人、人身心辩证统一。儒家的修齐治平也以"仁者安道"强调人的生命与天地相参，追求顶天立地、天人合一。天人合一的传统文化，更是中华医者的思想根基、心灵归宿、精神家园。

　　天人合一，妙手回春。天人合一，是中医学的根基，也是历代名医成功的奥秘所在。从表面看，由于所处的历史时代和社会环境的差别，每一个名医的成功之路是不同的，但有一点则是公认的：他们无不受中华传统文化"天人合一"理念的熏陶。被后世尊为"医圣"，发明"六经辨证"，有三百九十七法、一百一十三方，著有"众方之祖"《伤寒杂病论》的汉末伟大医学家张仲景，正是天人合一理论、方法的践行者。据记载，张仲景生活于汉桓帝元年至汉献帝建安二十四年之间。此时，战乱频仍、疫病流行、死亡众多，以至于"白骨露于野，千里无鸡鸣。生民百遗一，念之断人肠"。曹植在《说疫气》中记述："建安二十二年，疠气流行，家家有僵尸之痛，室室有号泣之哀。或阖门而殪，或覆族而丧。"张仲景也在《伤寒杂病论·序》中述："余宗族素多……犹未十稔，其死亡者，三分有二。"为了认识和把握当时急性传染病肆虐、生民大批死亡的规律，他认为，中医学自秦越人扁鹊"起死回生"术始，就把天与人视作统一的整体。先秦、汉初医家以五脏应五行、五时、五方、五味、五色等，就是这一思想的具体表现。在《黄帝内经》中，这一思想尤为显著和全面，如认为天地万物及人均是一气所化生，具有共同的规律，并相互对应、相互参验，二者关系协调，人就无病，一旦关系失常，人体即呈病态。这一思想把人的内环境与外环境视为一体，为病因学、治疗学、养生学提供了比较合理的世界观和方法论。张仲景在《伤寒杂病论》中继承和深化了《黄帝内经》朴素的唯物论和辩证法思想，创立了理、法、方、药体系。隋唐大医孙思邈以《备急千金要方》《千金翼方》传世，他把精通哲学看作大医治病救人的必要条件，他说，凡欲为大医，除谙熟《素问》《甲乙》《明堂流注》《本草药对》及张仲景等古今诸部经方外，还需涉猎群书，特别是儒、释、道三种哲学思想。唐初诗坛四杰之一的卢照邻曾向孙氏请教"名医愈疾，其道如何"？孙氏答曰："人与天是天人合一，天人感应的。"孙氏认为，天地为何让人生病？是人禀受天地中和之气而生。病者，天地变化，一气不调，百病生。《本草纲目》作者，明代大医李时珍继承和发扬了荀子、王充、柳宗元、张载等朴素的唯物论和辩证法，认为一气化生万物。天人合一，无不须气以生，善行气者，内以养生、外以却恶。即天地之造化无穷，人之变化亦无穷……举不胜举的古代名医妙手回春，均是秉承天人合一宇宙观的生动实践。病毒无情，中医有情，在这次战"疫"中，中医已展现出斐然的实绩，再次绽放出"当今世界殊"的异彩。我相信，在这场战"疫"的最终决胜中，"天人合一"的中医思想，将把中华民族的优秀文化再次推向鼎盛。

天人合一，妙手济世。纵览古今中外，瘟疫始终在文明中穿行，是人类灾害中的顶级灾害。而且，可能始终与人类共存。同时，瘟疫也影响着人类历史的走向，如1347至1351年的黑死病成为欧洲"中世纪黑暗"的写照，引起欧洲信仰、政治、经济、社会结构等全方位危机和深刻的社会变革，也是欧洲走向近代社会的重要契机。十六世纪的美洲瘟疫，不仅改变了美洲历史，也改变了人类历史。在中国，唐宋元明几个朝代的兴替，与瘟疫流行关系极大。唐朝天宝十三年，李宓七万士兵击南诏，唐军因严重的传染病几乎全军覆没。这场恶战也成为安史之乱的导火索，使唐朝由盛转衰。南宋后期，蒙古大汗蒙哥率兵向南宋全线进攻时，突发瘟疫，蒙古军队被迫撤退，使南宋政权又延续了近十年。明亡清兴之际，北方鼠疫大发，仅皇城北京死亡人数就达二十余万，导致李自成的农民军在清军进攻时一触即溃……从历史反思当下，"新冠病毒"暴发再次警醒我们，应深刻反思人与环境的关系。实际上，从哲学角度来看，瘟疫是一种"社会病""文明病"。天人合一的道家思想告诉我们，"孔德之容，惟道是从"，"道生之、德畜之、物形之、势成之"，"道之尊、德之贵"。《周易》阐释说："天地之大德曰生。"孔子的"里仁为美""仁者爱人"，孟子的"老吾老以及人之老，幼吾幼以及人之幼"等，都把人与我、物与我提升到天人合一的境界。然而，长期以来，尤其是三百年工业文明以来，人类进入历史上最激烈、最深远的社会变革，进入对自然的征服开发、资源的掠夺、生态环境毁灭性破坏等，渐进形成了唯人独尊、唯人自大，把人凌驾于自然万物之上，认为自然是因为人的利益而存在。因而，为了人的利益可以不顾自然的利益。正是这种狭隘的以人为中心主义和长期对资源的掠夺和过度开发，破坏了人类与自然、与野生动物赖以生存的生态环境，导致大自然的反噬和报复。天人合一思想的"物无贵贱""万物一齐""大人者，天地万物为一体""仁者爱人"等，体现出对天、对有知觉的植物、对有生命的动物、对无生命的沙石等，从内心深处产生的"仁爱"，告诫人们不忍心去损坏、破坏、毁坏，提醒人们要尊重生命，敬畏自然。

　　天人合一，让我们用中华文明的智慧彻底从战"疫"中崛起。

原载于2020年3月24日《法制日报》

尊道贵德　协和万邦

"道可道，非常道"，"欲穷千里目，更上一层楼"。当前，"新冠疫情"正在全球多点暴发、扩散蔓延，危及各国人民身体健康和生命安全，严重冲击世界经济发展。历史是时间的孩子，世界正经历百年未有之大变局、大转折。在这历史当口，老子的"万物莫不尊道而贵德"思想，就是"道"。唐代诗人王之涣的"更上一层楼"诗句，正是我们运用中华文化决胜全球疫情而"天马行空不住空，神龙戏水不滞水"的登高望远，以地球村、人类命运共同体的理念协和万邦、休戚与共，最终赢得战"疫"和疫后崛起的大智慧。

尊天道，贵在自然，以德长物。老子认为："道之尊，德之贵，夫莫之命而常自然。"就是说，事有必至、理有必然，莫不始于道德、终于道德。天道的法则，即道德的法则、即自然法则，亦即宇宙法则，不可违。孔子也认为，"君子务本，本立而道生""君子志于道，据于德""子钓而不纲，弋不射宿"。《周易》也称："修辞立其诚，

191

所以居业也。"《中庸》云:"天地位焉,万物育焉。"因此,圆融诸子,会通百家,而一归于道,即以道观物、以物观性、以性观心、以心观身、以身观物、以物观天下、以天下观寰宇,才能尽伦、尽理、尽心、尽性、尽道;才能返璞归真、存养性灵;才能心与道合、人与道合、事与道合、天人合一,以"道"生发万物,重"德"养育万物。尊重自然、敬畏自然的客观存在,才是世界的本源与发展动力,万事万物(包括人在内)都要遵循这一规则。这一规则,也是科技高速发展的今天,自然法则给人类的一次"伟大纠错"。警醒我们,疫情既是结束,又是开始。人类应反躬自省,从毁灭自然的过度开发中体顺自然以明大道,通宇宙之奥而达造化之源,顺天地之常而尽世事之情,偕时变易、因物造化。尤应以道御物,以天道而明人道、合而一之、贯而通之,即可"为往圣继绝学,为万世开太平",把疫情化危为机。正如恩格斯所说,"没有哪一次巨大的历史灾难不是以历史的进步为补偿",也如千百年来人类与瘟疫斗争后崛起的历史规律一样,关键是在教训中"以史为鉴"!因此,"新冠疫情"警示我们:生态没有替代品,用之不觉、失之难存。地球是人类唯一家园,生态既关乎人类当前生存发展,更关乎地球和人类的未来,人与自然是生命共同体。绿水青山就是金山银山,只有人与自然和谐共生、相互依存,人类携手尊重、顺应、保护自然,才能建设健康中国、美丽中国,健康家园、美丽世界。

尊人道，重在亲善。老子云："天道无亲，常与善人。"万德万行、万品万物，但唯人生天地间常受大自然原理所支配，虽历万千劫而不变不移，并运用于国家社会。儒释道三圣均教人"诸恶莫作，众善奉行"。孔子的"君子成人之美，不成人之恶""人而不仁，如礼何？人而不仁，如乐何"？王阳明的"致良知""心即理"，孟子的"养浩然之气""以善服人者，未有能服人者也；以善养人，然后能服天下"等，皆是因人心之善、人性之善，莫不根于"天道之善"。小善不为，则大善不立。与人以利、与人以物、与人以德、与人以道，皆是与人，而使天下共相与善。孔子云："德不孤，必有邻。""三江同源，千里同心""秦风送佳音，楚地开胜壤""山川异域情无界，中日国人同泣血""青山一道同云雨，明月何曾是两乡""与子同裳，昼夜兼程助友邦""守礼以邦，源远流长""一方有难，八方支援""投之以木桃，报之以琼瑶""道不远人，人无异国""岁寒松柏，长毋相忘"等，这些写在国内救援、他国援助中国、中国援助世界医疗物资的点滴字句，正是人类善行天下、守望相助、共克时艰的精神拯救，也是中华文化闪耀在人类命运共同体意识上的熠熠光辉。面对疫情，不分国界、不分种族，抱团取暖、恩怨两忘，方为至道。"身在万物中，心在万物上。"无利害心、无得失心、无恩怨心、无计较心、无毁誉心、无人我心、我无一切心，则即心即道、则德生而道立。如此，就能"人人皆可成尧舜""青山着意化为桥"，必将中华文明的智慧再次载入人类史册。

尊世道，贵在德政。孔子曰："为政以德，譬如北辰，居其所而众星共之。""政者，正义。"正，修本心、修初心、修"存天理灭人欲"心，修"以仁存心，以礼存心"的既独善其身，又兼济天下的"天下一家"的公德心。正如《道德经》所言，"圣人无常心，以百姓心为心"，孔子的"志于道，据于德，依于仁，游于艺"，墨家的"兼相爱，交相利"，儒家的"夫大道之行，天下为公""内圣外王""仁爱""民本"，达到道家的"甘其食，美其服，安其居，乐其俗，邻国相望，鸡犬之声相闻，民至老死不相往来"的大同世界，正是以德服人、以德治世，敬畏生命、尊重生命、天下一家，贵德而协和万邦的生动描述。桃李不言，下自成蹊。在人类抗击新冠疫情的战"疫"中，中国担当、中国智慧、中国尊道贵德的人类命运共同体思想，为提升国际社会抗疫信心催生了无穷勇气，传递出世界抗疫必胜的中国力量。我相信，经此一"疫"，人类命运紧密相连的我为人人、人人为我的世界大同将如雨后春笋蓬勃发展，一个崭新的世界将展现给人类。

原载于 2020 年 3 月 31 日《法制日报》

心之舞

人生，到底是什么？

宋代文学家、书画家苏轼云："人生到处知何似，应似飞鸿踏雪泥。"苏轼想，人生，就像鸿雁飞在茫茫天空，偶尔在雪地上停息，留下的一些印迹。

苏轼在另一首诗里感慨道："横看成岭侧成峰，远近高低各不同。不识庐山真面目，只缘身在此山中。"庐山，景象万千，诗人移步换景，横看、竖看、远看、近看，从高处看、往低处观，各不相同。

那么，庐山"真面目"究竟如何？

雁飞影过，雪泥鸿爪。看庭前花开花谢，观天上云卷云舒。情飞之、心舞之，"真面目"皆在心中。

万象纷呈，心境自如。超拔旷达，美妙如舞。

然而，凡尘俗世中，又有几人能淡定从容、浅笑安然，静默于山水间花开花谢，任心舞之？尤其是退休后的"后半生"。

瑞士心理学家荣格，将人生分为前半段和后半段。前半段，要找到适合自己的职业并为之打拼，构筑社会地位，积累财产。可是，到了后半段，该有的都有了，接下来思考的是活着的意义。思考人人都逃不出的、生老病死的规律下，如何让自己活出人生的意义和"真面目"。

叩问心灵，回望人生，安于本心，移步换景。

纵横山水，锤炼性情；让心飞舞，超然自得；悠然活出山外青山楼外楼，人生处处桃花源。这，就是退休几年来的阿芳。

阿芳，是笔者对她的称谓。她姓柳，退休前在教育战线"育桃李"十年，在政法战线"刀光剑影，惩恶扬善"十年，在纪检监察机关"御清风"十年。

三十年人生之路弹指一瞬，她的"前半生"就在三个十年、三段性质截然不同的岗位上，走了过来。三段职场打拼，她奋斗出不俗的成绩，收获了该收获的一切。

几年前，她荣退了。忙碌了几十年，回到家，忽然没了"主心骨"。

她想，自己正值华年、身强力壮，而人生，就走到了退休养老、等死的"后半生"吗！怎么办？

不久，她恢复了常态。心里渐渐开出一朵小花。

那小花，是她儿时给自己设计的另一人生——书画人生。

从此，明月清风、山水云间、笔墨方台，成了她"后半生"最美的景色。成了她无常人生的有常执着。

虽儿时有书画梦，毕竟自己大学读的教育管理、硕士是软件工程，前半生也与中华传统文化的书画差之千里。所以，她思忖再三，决定放下"老干部"的"大驾"，牢记孔子"三人行必有我师"的教诲，羞羞答答走进了北京一个区的老年大学书画培训班。向姚老师、郑老师学习起了儿时仰慕的"阳春白雪"——绘画和书法。

一晃，几个月过去了，她忐忑不安拿着第一幅山水习作给姚老师看。没想到，姚老师告诉她："这幅画可以直接参展。"猛然间，她的心里射进一束温暖的光。她坚定了自己"后半生"的选择。

再一晃，到了庚子年初春。"新冠疫情"横行。武汉保卫战如火如荼。她在临摹《张迁碑》"决胜负千里之外"时，忽发灵感，把笔势遒劲、横扫千军的"决胜"两字挥毫于纸上，并一腔热血投寄到市、区老干部媒体，力援"中国加油""武汉决胜"。没想到，这幅书法作品不但入选北京市离退休干部助力首都疫情防控阻击战书画展，还被多家媒体刊发。事后，郑老师鼓励她，"后半生"精彩在望。

一句激励，她在首都倡导垃圾分类、绿色生活、生态北京建设中，又找到了灵感。情动形言，发乎于本心书写出行书"垃圾分类就是新时尚"、隶书"资源有限，循环无限"两幅书法作品，迅速被区老干部媒体采用。一鼓作气，她又在端午、清明等有纪念意义的节日中，挥毫泼墨，尽展书画人生，云水生活。

恬淡宁静，心才能如云般自由飞翔。在她如鱼得水的退休生活里，她忽然见到了"后半生"的模样。天光渐开，云影徘徊。

在"师古人，师造化，得心源"中，她徜徉在《芥子园》、央视书画频道《一日一画》《一日一书》里；沉浸在中国美术馆、中国画院美术馆等各类美术、博物、图书、画院的展览讲座中；寻访在首都书画古巷琉璃厂的匾牌、字号等史迹里。

拜师寻古。有一天，她突然悟出画为心声、书为心言，人生如画。悟出真正的老师在大地山水间。索性，她离开喧嚣的都市，独自扛上画板、带上"文房四宝"，来到北京桃峪口水库旁一个叫上苑村的艺术群落，与好友一道开起了书画装裱室。她感到，装裱，看似在裱糊别人的作品，但在一幅幅作品一刷一刷裱、一寸一寸糊中，能学到他人之长，感受到他人作品的力量。

远离尘嚣，在日出日落里，在与山水亲密接触，与室外长出的小扁豆、结蒂的青皮黄瓜，地上微微笑的小草相伴中，她也在前半生忙碌中，让心灵打个盹。有了更多对自然崇尚的绵延的爱。这种爱，让她不断生发出对书画人生不一样的理解。

难怪日前，偶尔在她微信名为"芳草"的朋友圈里，忽然间见到她临摹的《清明上河图》《千里江山图》《富春山居图》等局部组成的精美长卷，已似画非画、是临非临、景物清和。宛若置身其境，妙如心出。心到意到情到笔到。在"上河"，感受北宋汴梁的繁华；在"千里江山"，寻觅宋时的江南山川；在"富春山"，回味黄公望笔下的元代天堂……这些横跨千年的山水美景，在她笔下复制，心中呼出。画随心动，心随花舞。舞中，一个旷逸的人生正在她脚下延伸。

我羡慕，希望若干年后，当我退休步入"后半生"时，也能如她般有雪泥鸿爪的印迹留在大地。虽然山河不眠，人如朝露，终为土灰。也会如鸿爪，会随鸿飞而雪化。但毕竟，在"后半生"也曾星星点灯，照亮过自己、燃烧过自己。

她的故事，让我们悟出，在人生的岁月里，不论"前半生""后半生"，都不应止步，都应在奋斗中让心飞舞，舞飞出无疆的人生喜乐。

原载于2020年8月4日《中国封面》

医者仁心

　　与被称为二十一世纪不死的癌症的类风湿病魔战斗了三十六年，尤其是近五年来，多次在生死线上，被三位医生拉回来的母亲，常常动情地说："这几年，没有'定心'的王老大夫、'暖心'的郭医生、'知心'的小马大夫的仁心仁爱、精湛医术，我这把七十六旬的老骨头，早去阎王殿报到了。"

　　母亲说的三位仁爱的大夫，是北京中医药大学某附属医院的三名医生。

　　王老大夫，是这个医院已退休的中医骨科专家。郭大夫，是筋伤科主任。小马医生，是手足外科的一名大夫。他们，都是男儿侠骨、女性柔情，医者仁心、治病救人的医林典范。

　　母亲认识王老大夫，是2015年深秋的一天。当时，她与父亲到北京来探望我。在这之前，严重的类风湿致使母亲股骨头坏死。右腿髋关节刚刚在老家汉中置换了假肢。这天，她踏上放在家中客厅里的电子秤。

一称，吓了一跳。

原来，类风湿病魔折磨着的她，体重本来已由九十多斤的"大号"锐减到不足六十斤；没想到，来北京月余时间又锐减了近二十斤，更变成了"小号"。一米六四的身高，体重已不到四十斤。

何止一晃大人变成了小孩。更重要的是，早已瘦骨嶙峋、面无血色的她，撩开衣服，小腹右边已肿成如一口小锅的锅盖。

一下秤，可能与精神受到体重锐减刺激有关，妈妈"呆若木鸡"。动弹不了了。

大家赶忙上前搀扶住她，才得知，一个多月前，从北京西站下了火车还健步如常的她，一开步，右腿就像针刺般疼痛难忍，迈不开腿。肿胀的小腹，也如钢针锥心般疼痛。

见状，我们马上送她去就近的北四环这家医院就诊。

赶巧，那天刚好挂上了王老大夫的号。

那是母亲第一次见到京城的专家。但见，退休多年的王老大夫，红光满面、慈眉善目、声如洪钟。

见着王老大夫，坐在轮椅上缩成一团、有气无力的母亲，上气不接下气地说，自己久病成医，知道类风湿已到晚期。刚刚置换的假肢，又突然无法行走。小腹也无缘无故水肿。说明"天不佑她"，可能活不了多久了！

听完妈妈的话，经验丰富的王大夫什么也没说，只让我们扶着妈妈躺在诊断床上。

王大夫上前，用手在母亲疼痛处轻轻一划，便坚定地告诉妈妈："老太太，没事。你放心，先去拍个片子，住几天院，调理调理就没事了。"

听完，母亲将信将疑。但人，一下子有了"主心骨"，吃了"定心丸"。

片子很快拍完，与王老大夫诊断的一模一样。

是母亲类风湿高发，体重锐减，皮包骨头。置换的右髋关节中一颗固定的钢钉，在肌肉消退的情况下，直接蹭到了皮层，摩擦形成的水肿。之后，王老大夫安排妈妈住院就诊。妈妈很快康复了。

关键时刻，王老大夫的这句"没事，你放心"，让几十年同病魔斗争，早已厌战、怯战、焦虑的母亲，气定、神闲，有了生的勇气和希望。

真正把母亲从死神手里拉回来，是去年11月下旬的事。去年夏天，母亲的类风湿达到高潮。左、右两个肩膀上，各长出一个鸡蛋大的风湿疙瘩。在老家陕西汉中做切除手术后，半年多时间，伤口一直化脓、愈合不了。而且，浑身关节水肿。头顶、胳膊、双腿、后背等，都长出了大小不一的一群风湿疙瘩。

一时，怎么治疗都效果不佳。绝望中，妈妈又想到了王老大夫。

当时，妈妈体重又消瘦到八十多斤。浑身的风湿疙瘩疼痛，让她张嘴的力气都没有。两个肩头的风湿包，扯着她的耳朵、脖子、颈椎、头等，疼痛难忍。再加上五个多月治疗效果不明显，她真的万念俱灰、生不如死。真的以为自己过不了"这一关"，死到临头了。

抱着试一试的求生心，母亲又见到了王老大夫。

王老大夫坚定地告诉母亲："你没事，癌症病人到了晚期，还要活上三五年。别说要不了命的类风湿，再加上你这么年轻，只要坚强，会治好的。"

事后，王老大夫告诉我，母亲的类风湿已到达最活跃期，危险性很大。他也没有十足的把握能治好。但是，药王孙思邈说得好"济命扶危者，医也"。医生的本职告诉他，必须说那番话。

妈妈事后也说，本来自己已古稀有六。一听王大夫说她年轻，她就像回到了壮年时期。就有了百倍的信心，坚定与病魔较量。所以，王大夫又让她活了过来。

母亲与郭大夫相识于2015年秋天，在筋伤科住院治疗。郭大夫体贴入微的医者风范，给妈妈留下了深刻印象。2016年1月底的一个深夜，母亲上厕所时不慎摔了一跤。右髋关节脱臼了。

情急中，她想到了"暖心"的郭大夫。抱着试一试的心理，拨通了郭大夫的手机求教。接到电话，郭大夫二话没说，让我们马上送母亲去医院检查治疗。

隆冬的北京，寒夜如冰。"飕飕"的北风夹杂着零星小雪，让天寒地冻的京城更加彻骨。那天，郭大夫不值班，早已休息。但是，他有"一心扶救"的医者情怀。接到母亲求救电话，就从滚烫的被窝里爬出来往医院赶。我们到时，郭大夫和值班大夫，早已在医院大门口等候着。

我们一到，郭大夫便与我们一起推妈妈去拍片室拍片。拍完片，确诊脱臼后，直接在拍片室给母亲把脱臼的关节复了位。

当时，母亲右腿瘫软，动不了、站不起。半个身子也失去了平衡。豆大的汗珠挂满脸庞。钻心的痛，使她早已昏厥过去。

复位后，生不如死的母亲渐渐在昏痛中醒来。随后，郭大夫又及时安排母亲住院治疗。

等一切手续就绪，已是凌晨三点多了。

呼啸的北风还在拼命刮，室外一片白茫茫。雪加风、风助雪，在最寒冷的时刻，郭大夫见母亲一切安置就绪，才离开病房。

这一幕寒冬中的"暖心"之举，更让母亲终生难忘。

结识小马大夫，是去年底。当时，母亲在绝望中到这家医院住院治疗。遇上了三十七八岁，风华正茂的小马大夫。小马大夫虽然年轻，却是这家医院出类拔萃的后起之秀。中医博士毕业的他，临床经验丰富。在科里早已是顶梁柱。

在给母亲治疗中，他最欣赏孙思邈的那句"救民之瘼，恤民之隐"的无私、无畏、忘我精神。

2020 年年初，"新冠疫情"突然暴发。母亲的类风湿在险里求生中，还需每周到医院治疗一次。

当时，马大夫的爱人刚刚生了二胎，还未满月。家中重病在身的父母，也需他照料。但是，为了母亲的健康，他风雨无阻。疫情也不缺位。

记得二三月间，正是疫情猖獗时。他被抽调到发热门诊值守，常常通宵达旦。

当时，母亲既绝望又期盼，既害怕又担心。担心马大夫能否按时为自己治疗。

星星知我心。马大夫就是妈妈的"知心""幸运星"，常常放弃好不容易轮到的半天倒休，风雪无阻等母亲前去治疗。

就这样，一晃七八个月过去了。绝望的母亲在"知心"马大夫每周一次的精心治疗下，活得精神抖擞、心花怒放。

几次从生命极限走来，母亲告诉我，所谓医德，就是一句话：为病人服务。

妈妈常常赞扬道，王老大夫、郭医生、小马大夫，虽然只是首都医生群体中普普通通的一员，但他们都是医德高尚、仁爱有加的大医。

写于此，我感到我笨拙的笔概括不了三位医生的动人之处。

但是，以上几件小事，也算是三位医生对孙思邈提出的“医者仁心”的注脚吧。

他们用“定心”“暖心”“知心”的“仁心”，书写了首都医护人员平凡人生里的“医者仁心”，让每一位就医者的心，温暖着。

老书记退休的早晨

盛夏的早晨，望着校园操场边那一坡坡绿油油的草坪，老书记感慨地说："它，比我的脸重要！我的脸不怕晒，它怕！一晒，就死了！你们要好好养护它，守着校园的这一片绿！"

这是老书记，退休前的最后一个早晨。

他像往常一样，天不亮就来到校园。到门岗转一小圈，然后回办公室，打开记事本，梳理一天的工作流程。当校园东边图书馆的巨型时钟一响，报出"七点整"时，他会迈出行政楼，到食堂用餐。

这时，我们也陆续来到食堂。吃完饭，陪他巡查校园。

刚刚这番话，是我们巡查到校园西北门的操场边，他说的。

他接着说："这校园的一草一木，都是我的心血呀！你们要维护好。"

之后，他动情而打趣地说："这是我最后一次看看校园的草木了。今后，我就到市里去巡查了！"

他是市政协常委，卸下书记的担子，政协常委的职务还在，我便打趣地说："你是政协委员，巡查市里的绿化，是你的职责呀！"

他听后，说："那责任太大了，我承担不起！我还是借着每天遛弯，观赏观赏北京的生态美吧。"

老书记家住北京西二环。每逢周六日，他都会抽出时间，从家出发，沿着长安街，往东走。然后，再沿崇文门大街、前门大街，往西折返。

一路上，复兴门的桥，新华门前威武的武警战士，天安门广场如织的游人，神圣雄壮的人民大会堂、国家博物馆，屹立百年的北京饭店，繁华热闹的王府井大街，宏伟的建国门，东便门边的明城墙遗址，古朴的北京站，北京城建博物馆、铁路博物馆的沧桑、锦绣，前门楼子的记忆，老舍茶馆门前的人流，顶天立地的新华社笔字楼，贯通东西南北的天宁寺桥，翘首屹立的西客站等，都随道路两边的梧桐、柳树、杨树、月季等美丽着。让老书记赏心悦目，在老书记的灵魂深处不割不舍。

就这样，老书记深爱着首都的每一寸土地，每一棵花木，每一座楼宇，每一个行走的人。

每当此时，老书记已显雍容的体态、身患痛风的"老毛病"，都会一扫而光。他又像回到了十七八岁，戴上警徽，穿上警服，走进警营。让他，精神焕发，血气方刚，斗志满怀。

所以，这些年，每逢双休日，他都会健步在北京的长安街，把北京的一情一景，融入他炽热的职业生涯里。

这，就像他到这所政法类高校来做党委书记，六年来一样。每周一至五，冬天，天黑蒙蒙，夏天，天刚蒙蒙亮，清晨五点左右，他会准时来到校园。

一到，他先巡视一小圈门卫、岗哨（这是他"老政法"的习惯）。然后，上楼梳理一天的工作日程。之后，准时在七点出现在食堂。用完餐，开始带大家巡查校园。

今天，他也不例外。

说他是老书记，其实他并不老，刚过花甲。身强力壮，斗志昂扬。唯一显老的是，他头上的几根白发点缀出的沧桑。但是，论书记，他确实是老资格。他十七八岁一参加工作，就入了党，已有三十年党龄。而后，他在监狱、司法行政系统、政法战线，干起了支部书记、总支书记、党组书记、党委书记。直到六年前，来到这所政法类高校，担任党委书记。

今天是过完小暑不久的日子，雨水多。头一晚，京南下了中到大雨。

一早，吃完饭，从餐厅出来，天还下着毛毛小雨。我们都打着伞，陪他开始了日常的巡查。

先到了校园的东边。几年前，因校园二期工程未启动，这里是堆积如山的"垃圾山"。前年，他下决心整治。现已是小径、方亭、小坡、小草、绿树、鲜花满地。

被大家称为校园的"东山"。我们站在这座错落有致、绿树荫荫的"东山"上，观望眼前红色的图书馆、乳白色的学生公寓，和被称为东山脚下"小别墅"的、原锅炉房改装的"学生活动中心"，别有一番校园的雅致、恬静。

漫步到校园西边的"柿树林"，这里原是未启动工程的"垃圾场"。为了利用好这片土地，老书记挖空心思，多次论证。带领大家清垃圾、平土地、种树苗，植成了这片"柿树林"。

今年春天，为了让这片林子活得健康，他忍着多年的痛风，拄着拐杖，挽起袖子，带领几名值班领导和安保、后勤人员，包干了起来。清理树根下的碎石、铁片、钉子，给树木浇水。一晃，三四个月过去了，这片树林翠绿翠绿，随夏风摆动的树叶向我们微笑着招手。

看着它们，老书记欣慰地说："得了，明年这些柿树，就挂果了！大家就能吃上红彤彤的柿子了！"

不出几步，我们来到了校园西边操场外的绿化带。这片绿化带，也是校园建设的"尾巴"和"死角"。因二期工程未启动，操场紧邻环城路的这块地一直未绿化。

去年夏天，老书记带着我们开始清理这块"死角"。当时，杂草、碎砖、碎石、铁块、钢片等，夹杂着白色垃圾，"绣"满了这个角落。老书记强忍着"老毛病"痛风，穿着短裤，趿着"一脚踩"的"老头鞋"，天天顶着烈日，与绿化外包公司员工一起，一锄头、一铁锹地干。

精心按地形进行生态布局和规划。栽上了梧桐、小叶檀、松树、桃树、李树，种上了月季、刺梅，铺上了绿绿的小草。

一晃，大半年时间过去了。树木鲜花都长势良好，唯有草坪因缺水，有一部分小草快失去生命了。今年初春，老书记趁着"春雨贵如油"时节，赶紧组织大家浇水。

刚刚，望着这片绿茵茵的草地，他动情了，把草地比作了他的脸。

巡查完校园，以往，按惯例，学生早上八点开课，我们都会随他七点四十左右，在教学楼南门或东门入口，协助各系部负责人，检查学生入课堂的校风校纪。催促"拐着"点儿的，告诫手里拎着零食的，提醒衣帽不整的学生，赶紧顺序进入课堂。

今年"新冠疫情"影响下，开了网课。还有一周多，学校将迎来2020年暑假。所以，校园静悄悄的。

我们随他路过教学楼，往行政楼走。但见道路两边高大的新疆杨、挺拔的梧桐，还有桃树、李树、金叶杨、马尾松、紫薇、木槿、黄花、月季等繁花似锦、绿树成荫。

此刻，让我想起了三四年前，我刚到这个学校时，校园东、西两边，一边是"垃圾山"，另一边是"垃圾场"。院内，道路两旁的树木也高低不齐、稀稀拉拉，与今天美如画的校园不可同日而语。

上午，上级就要来宣布老书记到龄退休了。他告诉我们，退休前的早晨，他按惯常在校园走走，一景一物都让他动容。说着，他的眼眶瞬间布满了泪珠，眼泪从他的眼角掉了下来……他哽咽地告诉我们，铁打的营盘，流水的兵。党的事业后继有人，这才是他最欣慰的。

说着说着，老书记同我们来到了校园北广场的国旗杆下，向国旗深深地鞠了一躬。

当场，让我们都愣住了。崇敬之情油然而生。

当时我想，这一躬，在老书记内心是沉甸甸的！

他这一躬，是在向党向人民表白，他永远忠于自己深深热爱的党和事业，永远把党和人民的事业装在心里。

虽然退休了，他还要继续向庄严的共和国写好党员的退休生活。

见此，我们都落泪了。情不自禁骄傲起脚下这片土地的伟大，骄傲有老书记这样的共产党员，骄傲起党的事业代代相传，一脉相承。

此时，我只想发自内心地说一声：老书记，你永远是我们的榜样和楷模。我们将以你为榜样，在自己的岗位上发光发热，贡献力量。

原载于2020年7月14日《法制日报》

传承灿烂

延续文明、觉醒责任、传承灿烂，这是日前笔者收到一级作家，陕西省作协原副主席，汉中市文联、作协原主席王蓬任主编，汉中文旅局策划，西安出版社2019年11月出版的，《汉中文化旅游丛书》（10卷本）的第一印象。

迫不及待打开这套记载着家乡熟悉的一景一物、一掌故一史说的丛书包装，立刻被一本本封皮印制的书名所吸引：《在水一方——汉中文化史迹考述》《绝壁上的史诗——秦蜀古道遗迹调查》《天汉大地多胜迹——史河拾贝》《雅风美俗——秦巴人家风情录》等。本本，让人眼亮；册册，催人奋进。

文化，越是古老的，越是璀璨的；越是地域的，越是世界的；越是久远的，越是划时代的。

文化自信，首先是文化自觉、文化自救、文化传承。1972年，联合国教科文组织在巴黎通过了《保护世界文化和自然遗产公约》，倡导世界范围内的文化自救和文化延续。新时代，在加快人类命运共同体、推动"一带一路"倡议等建设中，不断发掘好中华文化的悠久历史、灿烂文明，并在推动人类文明进程中把分布广泛、数量巨大的中华文化在各地加以整理、发掘、出版，是新时代文化工作者的题中之意，责任担当；是利在当代，功在史册，承载人类文明的历史责任；更是每一位有道义、有良知的文化工作者的民族大义。

收到这套丛书，我的手怎么也挪不动。它，沉甸甸的如千斤巨鼎，扛着汉民族汉文化的过去和未来；扛着汉中盆地、秦巴人家的过往和小康胜景；扛着张骞故里、"两汉三国""明修栈道，暗度陈仓""鞠躬尽瘁，死而后已"的故者魂魄；川陕线上先烈奋进、新时代里"一江清水送京津"的真美汉中、大爱汉中。汉中开汉业，是编著者的思古幽情、精神守护、心灵表白，是厚重的历史古韵。可比肩太史公之《史记》，孔夫子之《春秋》，是小康时代的扛鼎之作。

展开《绝壁上的史诗——秦蜀古道遗迹调查》，便被卷首著名作家陈忠实、文化学者余秋雨，为此书的题词所吸引。陈忠实在题词中与王蓬共勉道："苍山虽无言，江河自有声，旧岁接新年，日月鉴平生。"余秋雨写道，"笔倚石门写汉赋"，便可知这本十八万字、分三个章节的书的厚重。第一章，记述了唐代诗人李白高呼"蜀道难，难于上青天"的褒斜道、陈仓道、金牛道、子午道、傥骆道、米仓道、祁山道等，其中发生的"萧何月下追韩信""韩信子午奇计出散关""诸葛一生六伐曹魏""姜维三万疲惫之师剑门挡钟会"等历史掌故。第二章，漫步在古迹上寻找洋人眼中的古道、诗人眼中的古道……第三章，站在古道与古堰、古镇、新景等角度，走进近代，与古道"对话"，触摸古道的古今之变，古之雄奇壮美，把中华文化灿烂星河里的"绝壁"上的史诗，在新时代唱响；唤醒今人在历史长河中，永远记住叱咤风云的岁月，激荡起今天与古人试比高的雄心和豪情。

《雅风美俗——秦巴人家风情录》瞬间把汉中盆地的俗、秦巴之界的雅，用朴实、真挚、明快的笔触，娓娓道来。如，汉中采莲船、竹马扭秧歌、红白喜事、满月连百天、七巧连中秋、祭灶守除夕等，让你珍惜起农耕文明中的古风古俗。让你在信息时代里，也回到了陕南踩旱船、扭秧歌、吃满月酒、祭灶王爷等，其乐融融、其景欢畅。其念，在文字触动中，欣赏着一幅幅"塞上小江南"的烟火人间。

《张骞故里生英杰——汉中历代名人述略》中，张骞从这里走向汉庭，背负丝绸之路的使命，光耀华夏；中国古代四大发明人蔡伦，在这里封为亭侯，长眠于此；"回眸一笑百媚生"的周代美女褒姒，在这里"倾国倾城"；左明、安汉、何挺颖等，在这里烽火闹革命；狂草奇人王世堂，长安画派巨匠方济众等在这里滋养成长……星汉灿烂，英杰辈出，烁古耀今。

《古道遗韵——汉中人的乡愁》中的烟雨老城关，梨园中的汉剧、秦腔，作坊中的铁匠铺、油坊、醋坊，古迹中的古汉台、拜将台、饮马池，街坊中的卖水的、卖棕箱的、放鸭子的、卖纸烟的等；《在水一方——汉中文化史迹考述》中的山河堰、五门堰、汉江、阳平关，龙江舞龙、铁牛镇水、曹操书"衮雪"、元稹遇故人、陆游漾水间等；《天汉大地多胜迹——史河拾贝》中的远古的龙岗、逢人先说定军山、虎头桥畔话魏延、两宋摩崖现真身；《文明曙光——城洋青铜器揽胜》《烽火不负嘉年华——西北联大的人与事》等，把几千年的汉中搬进了十册书里，搬到了你的书案。让你寻根，诱你驻足，激荡你汉人汉水汉文化汉民族的春秋大义。让你不由而然珍惜起脚下的每一寸土地、每一个文化碎片。

天汉大地多美景，尺咫图书有真情。绝壁在王蓬心中，江河在王蓬笔下，岁月在王蓬的汉赋里。

王蓬用作家的责任感和使命感，把这套散发着油墨清香的史诗般的著作呈现给我们，就是一名作家的良心自问、灵魂洗礼。

留住了历史，就留住了民族、留住了华夏、留住了未来。

我相信，不久的将来，还能读到王蓬更多爱意满满的扛鼎之作。

原载于2020年8月8日《中国封面》

汉民族的精神密码

"唯天有汉，监亦有光""江汉浮浮""江汉汤汤""汉之广矣，不可泳思"，这是几千年前，中国第一部诗歌总集《诗经》上的汉水、汉中、汉民族。汉水，融通黄河与长江文明的纽带；汉中，中国大陆版图的地理中心；在南北融合、五方杂处中，汉民族在汉中为轴心的摇篮里成长。

文化学者余秋雨在《话说汉中》一文云："我是汉族，我讲汉语，我写汉字，这是因为我们曾经有一个伟大的王朝——汉朝。而汉朝一个非常重要的重镇，就是汉中。这儿的山水全都是历史，这些历史已成为我们全民族的故事。"著名学者冯其庸在《题石门石刻》一诗中赞扬汉中道："千载书家说颂铭，杨准一表亦晨星。看到魏王衮雪字，月明万里海潮清。"这些是，今人眼中的汉水、汉中、汉民族。

史料证明，一百二十万年前，我们的祖先就在汉水上游开拓渔猎，农耕文明。后，伏羲、女娲由西北高原沿汉水向东南迁移。炎帝诞生于秦岭南坡的华阳，在汉水中游创造农业文明。慢慢形成以汉水流域为核心，华夏、苗族、东夷、氐羌等部族融合的华夏族。随着秦汉王朝大一统，汉文化、汉民族便在九州大地崛起。绵延不绝，薪火相传。成为中华文明的精神纽带，中华民族的魂魄和支柱。

天文学家惠普尔说，"书籍，是屹立在时间汪洋大海里的灯塔"；苏联著名作家高尔基说，"书，是人类进步的阶梯"。阅读的过程，就是寻找灯塔和进步的过程。是精神发育和提升的过程。是一个民族的精神境界、国家价值体系构建的过程。这个过程，又取决于读什么、怎么读，读的深度、广度等。

我从哪里来？要到哪里去？背负什么样的先贤传承、历史使命？这些，都取决于阅读。只有阅读，才能了解、熟知、拨动、感召、奋进；只有阅读，才能凝聚、强化、打造，传播出力量和文化觉醒、文化共识、文化责任、文化传承。

作为汉民族、汉文化的后继者，找到"根"、寻根问脉，追源溯流；找到汉民族的精神底色、文化密码，才能使我们的阅读回归本位和要义。回归精神家园。才能在阅读中，坚定民族自信、坚守民族精神，提振民族信心、铸牢共同价值。才能进一步唱响中华民族伟大复兴的共同愿景，把中华文明的薪火永续相传，代代不绝，发扬光大。

这些思考和责任，是新时代文化工作者义不容辞的使命，更是诸多文化工作者潜心奋进的动力和源泉，良知和道义。

日前，收到家乡文友、陕西省汉中市文联主席贾连友主编，西安出版社2019年11月出版的《汉中历史名家名篇精选》一书，就是一部散发着这样民族责任和大义的皇皇巨作。读来，让喝汉水长大、身上流着汉人血脉、长着汉民族基因的我，更进一步有了身份认同、情感认同、文化认同，有了民族骄傲、精神回归。

书以编年史的春秋笔法，开篇就是先秦时期《诗经》"国风""大雅""小雅"三篇，以《汉广》《旱麓》《沔水》为题，分别记载发源于汉中宁强县的长江最大支流汉江，以山而得名的汉中南郑县旱山，发源于秦岭南麓、流经汉中勉县的沔水，让你在"思无邪"中，知道了汉文化的源远流长。中华民族的"唯天有汉"。汉水开汉业，汉人汉民族的历史渊源。

紧接着，编者把"两汉"、魏晋南北朝、唐宋元明清以来，在汉中大地上，汉人拓疆土、创文明、统天下、兴汉业、成族魂的秘诀、要诀，通过司马公的《登坛对》中，"盖世英名三杰并，登坛威望一军惊"的刘邦拜韩信为上将军，"明修栈道，暗度陈仓"，创兴汉业的壮举为开篇，把班固在《张骞传》中记载汉中城固人张骞，访西域、开丝绸之路；"三国"陈琳在《为曹洪与魏太子书》中阐释"汉中地形，实有险固"，诸葛亮在《群下上汉帝请先主为汉中王表》中建议，"以汉中、巴蜀、广汉为国"；南北朝郦道元在《水经注》记载"汉中亦汉水，汉家发源地"；唐代骆宾王在《出石门》一文中赞美"层岩远接天，绝岭上栖烟"，元稹的《遣行十首》中"寻觅诗章在，思量岁月惊"；宋刘美在《蔡伦墓记》中记载中国古代四大发明之一、造纸术发明人蔡伦，在汉中洋县龙亭封侯，并葬于此，苏轼、苏辙咏汉中；明清杨慎《出连云栈》，林则徐《过紫柏山庙》，曾国藩《早发沔遇雨》；现代于右任《哀天汉》、老舍《沔县谒武侯祠》，陈忠实、路遥、贾平凹、和谷等文化名人对汉中的记忆和讴歌等，无不让几千年雄浑的汉水、汉地、汉人、汉文化、汉民族的人文脉络滚滚而来。让你目不暇接，感叹不已。让你在阅读中，知道了汉文化、汉民族的雄浑壮丽，史诗般可歌可泣。让你在阅读中，不断点亮汉民族的精神火炬、文明之光。精神为之一振，魂魄为之荡漾。

这部著作的另一特色，是编者不但把"汉"的由来，进行发掘编纂，更独具匠心地把几千年来汉文化的壮观景象一一呈现。如，被称之为"国之瑰宝"的书法碑帖原文，汉时王升《石门颂》、蔡邕《郙阁颂》，魏晋南北朝王远的《石门铭》等收入书中。再如，传世的诗词歌赋，唐李白的《蜀道难》、杜甫的《飞仙阁》、王维的《送杨长史赴果州》、宋陆游的《南山行》、辛弃疾的《木兰花慢》、黄裳的《汉中行》，明清杨守正、王世贞、岳振川，现当代吴宓、安汉、冯其庸等人的作品，逐一编入书中，把熠熠生辉、星汉灿烂的涓涓溪流，汇入汉文化的奔腾长河，催人阅读。

传统文化的继承和扬弃，体现着编者的功力和良知。本书在取其精华、去其糟粕，去伪存真、去粗取精中，编者不仅高扬了中华文明薪火相传的时代责任，更注重把革命先贤的史迹在书中重点呈现。如收入书中的陶铸、安汉、徐向前、胡耀邦等老一辈革命家的华章，读后，不得不让你高扬先辈们光照千秋的初心使命，勠力前行。不得不让你珍惜起脚下的这片土地，这片汉水孕育的汉文化汉民族，和正奔向复兴伟业的中华文明。

掩卷，笔者思索起这部厚重传世、高扬华夏文明的专著，是在怎样一种胸境下完成的？溯源，编者贾连友生于汉上、长于汉上，把汉上这片土地爱得深沉。

因而，他把自己长期在汉上文化战线的思考，灌注于历史文脉。以高度的文化自觉，拾起了散落在汉中盆地几千年的文化明珠。让其以"八阵图"般的绝唱，闪耀在中华文明的历史长河里。可圈可点。

原载于2020年8月3日《中国封面》

公园舞者

华灯初上，凉风习习。一片片、一堆堆、一群群，成群结队的舞者"百花齐放"，把京城东边这座不大的体育公园点缀得分外妖娆。

见此情景，不由得想起作家宗璞在《红豆》中描述二十世纪五十年代的场景："红5月里，真是热闹非凡，每天晚上都有晚会。"

这里，每天晚上，都有欢歌笑语。公园内的东西南北中，一堆堆舞者，个个花枝招展、轻盈妙曼、如醉如痴，脸上洋溢着新时代的笑颜，煞是好看。

早在几年前，凤凰传奇、筷子兄弟曾在央视春晚演绎小品《最炫小苹果》里，表现过这些舞者。

从生活走上荧屏，再由荧屏走入生活。而今，跳舞已成寻常百姓生活中不可或缺的一部分。

串门、聊天、打牌、拉家常，早已随时代步伐退居二线。伴随着"时间到了、时间到了，快点、快点……"舞者们相互催促、用舞姿敲开夏夜的那一刻起，公园的一景已化为京城的一夜，神州大地的一幕，丰富着十四亿中华儿女的美好生活。

这座在北京再寻常不过的体育公园，开园不足两年。是加快首都城市化进程，建设生态北京的成果之一。是在几棵孤零零的树、与几根电线杆相依偎的荒地上，建起的占地十四万平方米，院内有足球、篮球、网球、棒球、橄榄球、羽毛球、乒乓球，武术、跆拳道、搏击、平衡车、蹦床、虚拟现实竞技、天梯、手抓环等运动场；还有运动健身、休闲游戏、生态养生、极限挑战等丰富多彩的体育体验场所。尤其是美轮美奂的园内半马赛道两边，穿梭的十多个起伏的缓坡草地上种植的杏林、梧桐、梨树、桃树、李树、柳树、松树、黄花等形成的错落有致的景观，绿茵、花海、山丘、小景，美如画卷。

每天，这里已成附近近十万居民健身、休闲、游乐、玩耍的世外桃源，人间胜景。

景中之景，便是这些成群结队的舞者。

漫步园中，最亮丽的当数一进西门广场上，几十名身着五颜六色便装的男男女女、老老少少们，伴着音乐欢快跳着动感十足的《眉飞色舞》。没有领舞、没有教练，只有后看前、前带后的模仿，瞬间，把你带入节奏欢快的舞曲中，让你忘记了烦恼、忧愁，置身于火热的舞者行列。

往前望去，便见会员中心门前的广场上，一百多名身着绿衣白裤、红衣白裤的男男女女们，在《火红的萨日朗》乐声中，右脚在前向右走、左脚在前向左走，左右转体摆臂、波浪滑行中，展现出欢快、俏皮、自信的舞姿。

顺时针往南行走到灵动星空门口，十余名女士正随《酒醉的蝴蝶》的旋律，跳着激动人心的水兵舞。

一晃，来到公园南门，入口处自然分离出的三块平地上，有三拨激情四射的舞者。首先，是十余位身着白色长裙、手持火红扇子的女士，随"大姑娘美，那个大姑娘浪，大姑娘走进了青纱帐……"的音乐声，跳着俏皮的《大姑娘美大姑娘浪》。紧接着，十余位身着红衣黑裤的男男女女，扭动身姿，摆动双手，随着歌曲"呼吸着大海的新空气，眺望着太阳冉冉升起，阳光洒下金色的海浪，晴空万里天海相连……"跳着《幸福如歌》。再往前，由南向北的拐弯处，七八十位男男女女身着便装，随《我爱广场舞》的旋律，千姿百态地舞动着。

随棕红色的塑胶跑道往北行走，走到中段时，但见中心广场东角的一中年女士，手持笛子吹着悠扬的《牧笛》；十余位身着碎红花图案旗袍的女士们，手拿彩色纸伞，踩着乐点忘情旋转、亦步亦趋，欢快忘我地陶醉在古朴的曲调中。

往前，行到东北角的蹦床门口时，只见一名身着黑色运动衣的小伙子，正，左摇右摆、蹦蹦跶跶，领舞做流行的时尚《鬼步舞》。一群二三十岁的男男女女们，忘我地伴着明快的旋律，随黑衣小伙子舞着、乐着，欢快着。

再往前几步，回到了西门。只见广场左手边，三三两两、三五成群，要么统一着装、要么便装的舞者们，伴随各自的旋律舞动着……

这是盛夏北京的一景。这也是"新冠疫情"后，首都市民崇尚健康、快乐、和美生活的写照。

在大美中华、大爱北京，舞者不单是公园的一景，更是建设全面小康社会的华彩乐章。

祝福舞者，祝福北京，祝福腾飞的中华。

爱漫校园

盛夏正午，太阳从几光年外的宇宙赶来，把京南这片不大、楼层不高、"袖珍"的小院，照晒得热气升腾。

树上，知了拼命吐着热气，呼唤着"热了""热了""热热了"；麻雀、灰喜鹊、云燕、翠鸟等在树林里"叽叽喳喳"喊叫着炎热的烦闷；地上，蚂蚁、千足虫、刀螂、蟋蟀、天牛等在草丛里窜来窜去，不断寻找着"保命"的阴凉；不大的池塘里，五彩斑斓的锦鲤、金鱼、红鲫鱼、银龙、红龙、黑龙、斑马鱼等，随慢慢西斜的太阳东游西荡，躲着火辣辣光辐射的"毒"；只有两三处成片的荷花绽开花瓣、与在花蕊上飞舞的蜻蜓，向太阳诉说着欢喜和自在。

偶尔吹来的丝丝微风，用温热轻抚着每棵树、每株草、每束花，让花草们变得柔顺与无奈起来。

只有红墙内的一栋栋红色欧式建筑，在阳光与蓝天的映衬下，显得格外秀丽。

从北京南五环中段路过，一眼望去，分外与众不同。

好奇间，踏上了这块政法类高校的土地。刹那间，"江南园林"般的景色，让你误以为步入了一座"世外桃源"——不但有景，而且有情。

让你瞬间把心静下来，闭眼呼吸起大自然柔和的微风。情不自禁把脚步慢下来，去珍惜脚下的一草一木，一物一景。

让你的内心，绽放出人与自然和谐相处的大美大爱。

你瞧，林荫道两旁梧桐、白蜡、国槐、五角枫、白杨树等树下的木槿、紫薇、苜蓿、金娃娃等花草里，不时有一只只停在花丛里的"蝴蝶"（木牌）上写着："芬芳来自鲜花，美丽需要呵护""小草微微笑，请您旁边绕"；草丛里，一片片飘逸的"云朵"（木牌）上写着："绕行三五步，留得芳草绿""小草含羞笑，请君莫打扰"；绿茵中，一块块橙色的"心形"小木牌上写着："呵护绿色，感受生命""空气环境好，人人爱花草"等。校园内，一百六十多块"爱心耳语"牌，让你的心瞬间变得柔柔的。

来到"心形"池塘，弯弯曲曲的九曲桥显得古朴、典雅。桥面木质栅栏上，不时有浅蓝底红字的温馨提示："请勿在桥上嬉戏玩耍，危险！""桥面地滑，小心摔倒""水深危险，请勿嬉戏"等，让你不由得放慢了脚步——既欣赏起湖中美景，又注意脚下"分寸"。避免，一不小心，滑入两三米深的湖中，与锦鲤为伴。

校园内，不多的几处吸烟处，有一人高的白底蓝字警示牌，提示你："只要吸烟，即有害健康！不存在无害的烟草制品。"

在行政楼、教学楼、实训楼、体育馆、食堂等楼下行走，醒目处，有黄底红字的标牌告诉你："请勿靠墙通行，谨防高空坠物。"

步行在校园内的每一座建筑物，建筑物的每一处公共设施，都有人文性的提示。洗漱池上贴有"取之有度，用之有节"的节水提示；垃圾箱上贴有"保护校园环境，人人有责""垃圾分类，从我做起""参与垃圾分类，呵护绿色家园"；电梯出口，迎面伫立着："请自觉测温"；餐厅门口有温馨提示："戴口罩进来，就餐时再摘。吃饭不讲话，吃罢速离开"……

穿行在流光溢彩的校园，"法"的良知处处被爱的温情浸润。正如庄子云："水之积也不厚，则其负大舟也无力。"荀子曰："不积跬步，无以至千里；不积小流，无以成江海。"

只有仰望星空、大爱大美、胸襟豁达，以"上善若水""平之如水"为标尺的法律园丁们，才会有这样，对一草一木、一景一物的深情和爱，才会有自然与人合一之爱。

因为他们深知，小草的生命就是宇宙的生命。呵护、关爱小草，就是呵护自己的家园。就是爱自己，爱人类，爱学生，爱自然，爱充盈的天地万物。

心之美，万物之魂。法之良，世间之正。法律人的正义、信仰，建立在人的良知之上。

漫步校园，思绪在疯长，心灵在激荡。几个人与动物和谐相处、共爱共生的故事，更在笔者的心海里飘荡。

园丁告诉我，庚子春天，雪，特别多，特别大。天，特别冷，特别寒。法律系一位老师，在绿丛中收养了一只流浪猫。在一个风雪交加的夜晚，在饥饿难耐中，这只猫偷偷去池塘抓鱼充饥，被突至的大雪冻在了冰面上，冻成了"冰雕猫"。

次日一早，这位老师来到学校，见到心爱的小猫被冻成了"冰雕"。瞬间，泪如雨下。边哭，边用小铲子慢慢铲出"冰雕猫"。给"冰雕猫"举行了隆重的安葬仪式。

那一幕仿佛人间童话，催人落泪。

前不久，池塘里的一条鱼，在日光暴晒中"翻了白眼"。校园里，一名天天特意带着自己每餐留下的馒头，喂鱼的老教工，流泪了。他从池塘中捞起这条鱼，嘴里不停念着"爱"给鱼"超度"。之后，把这条鱼"安顿"到了一棵梧桐树下。

初春时节，教务处一名教师，在校园停车场见到益鸟"戴胜"，正专心致志地捕捉墙边的虫子。这名老师悄悄举起相机，拍下了"戴胜觅食"。之后，在朋友圈有图有文地赋题为《春信》的打游诗，赞美道："停车见雀影，迷虫鸟不惊。墙外春有信，国内物候新。"

《红楼梦》中，黛玉葬花，惜的是自己的花季人生。校园内的葬猫、葬鱼，葬的是法律人的生命情怀。

镜头下的"戴胜觅食"，颂扬的是校园的四季芬芳，讴歌的是人与自然和谐相处之美。

这情怀、这美，在全球抗击"新冠疫情"的特殊背景下，显得尤为珍贵。

满园春色关不住，一枝红杏出墙来。

法律人的情怀，就是一种良知。良知，比梦想更高贵，是通向梦想的阶梯。

心怀良知，才能把每一株草、每一朵花、每一只动物都视为大地之灵；才有了万物万类相通、相惜、相爱、相生的法律人之魂；才能在爱、大爱、公平、正义的法治之路上，教学相长，上下求索。

走出校园，我想，这就是这座法律类职业院校的灵魂之所在吧。

难怪，成立近四十年来，这个学校用满满的"爱"浸灌出的莘莘学子，早已桃李满天下。在各行各业、各条战线，尤其首都政法战线，守护着公平正义，维护着首都的和谐安宁。

温情时代

——写在北京市政法系统党建队建实训基地落成之际

岁月无情，人间有爱。

盛夏8月，一场别开生面的"爱"如火红的太阳，让疫情常态化下的北京格外温暖；让京华大地的人间烟火分外温情脉脉、深情款款。

这"爱"，用一块块展板、一幅幅画面、一个个故事和故事中的人物，在京城东五环边一座静谧的校园——北京市委政法委党校（北京政法职业学院杨闸校区）一栋乳白色的四层小楼里，展示出来。把你的身心，震撼和温暖。

公正执法的楷模、新时代最美奋斗者、检察官方工；党的十八大、十九大代表，全国模范检察官彭燕；全国十大杰出检察官、中国优秀青年卫士吴春妹；十九届中央候补委员，辨法析理、胜败皆服的时代先锋，法官宋鱼水；全国人大代表、全国道德模范、法官厉莉；全国十大法制人物、京城最美交警孟昆玉；全国特级优秀人民警察龚海英；新时代司法为民的好榜样、公益律师佟丽华；全国劳动模范、监狱干警李瑞华等等，一个个耳熟能详的名字，一件件温情的法治故事，让你驻足，令你流连忘返。

一个名字，就是一个让"公平正义"守望相助的故事；一块展板，就是一座维护首都和谐安定的时代画卷；一个展厅，就是一批向你诉说"忘了自己，温暖他人"的人间温情道白。

展板中的故事、故事里的人，平凡而默默无闻。

正是这些平凡的"爱"，给世界注入了温馨和美丽，给人生带来了生机和活力。这"爱"，把京城温暖的万家灯火、袅袅炊烟，霞光满满、喜乐吉祥。

这就是，日前落成的北京市政法系统党建队建实训基地。

基地，由北京市委政法委组织建设。

据悉，这也是全国政法系统第一家。

建设中，北京市委常委、政法委书记张延昆多次主持委务会审定方案；委领导群策群力，把关基地建设；北京市委政法委政治部主任余飞，带领队伍建设指导处的同志多次现场把握基地总体布局，审定每一块展板内容、优化展览结构；北京市委组织部副部长徐颖现场指导等，确保了进度和质量。

基地以反映八家市级政法单位、十六个区委政法委党建队建成果等为主要内容的十个展厅，和党的建设中的党委会、民主生活会、支部换届等五个模拟实训室组成。分布在小楼的二、三、四层。展厅一千八百多平方米，展出图片一千五百余幅、实物六百四十余件，同步在全市政法单位内网展示。

一步入"永远前进的首都公安"展厅，就是2019年2月1日，习近平总书记到北京市公安局视察，亲切接见二十名有担当、有创新、有奉献的英雄模范孟昆玉、高军、王东明、龚海英、杨秀奇等，勉励首都公安干警在新时代继续奋进的巨幅照片。紧接着，见到的公安铁军是新中国成立以来，用"爱民模范"高宝来，董存瑞外甥、疫情防控中牺牲的"法制之星"艾东等首都三百七十五位公安干警的鲜活生命铸就的展板。在最后的展台上，摆满了首都公安正气浩然的英雄模范名录、英烈名典、先进人物名录、杰出人才名录等，让榜样示范的力量把你深深激荡。

"铮铮誓言，永远牢记。赤诚初心，坚定如磐。首都检察铁军，时刻听从党的召唤。"在检察展厅，这，既是结束语，又是新起航。电视连续剧《人民检察官》——市检二分院与影视单位联合摄制的、反映首都检察人的文艺作品，便是首都检察官的一个缩影。《移山记》，2019年12月，真实记录门头沟检察官通过公益爱心，"搬走"永定河畔二十年建筑、生活垃圾的故事，在中央政法委举办的微电影展映中获奖。《我是演说家——检察官专场》，八位检察官登上北京电视台，讲述的平凡故事，在今年全国两会重播后，引起热议。让人留恋，催人奋进。

"知重负重，苦干实干。"宋鱼水、钟蔚莉、姜春玲、历莉、赵鑫、周瑞生等一批首都法官，用党的重托、时代责任，践行习近平总书记指出的"让人民群众在每一起案件中，享受公平正义"的谆谆教诲。展柜里，摆放着带有毛主席语录的首都法官早年入党志愿书，周恩来总理亲自为首都法院修改的法律文书手稿，时任最高人民法院副院长马锡五，就刑事诉讼程序研究写给时任北京市人民法院院长王斐然的亲笔信等，让首都法官们始终不忘初心，让党旗在首都法院系统高高飘扬，守护着首都千家万户的和谐安宁。

聚焦首都群众的法律需要，想千方设百计提高老百姓的公共法律服务水平，使首都人民的获得感、幸福感、安全感更加充实、更有保障、更可持续。首都司法行政系统，谱写出一曲又一曲的新篇章。"新时代新人说"——我和祖国共成长、"北京榜样"、"新时代司法为民好榜样"等，凸显出时代正气、时代风采，忠诚本色、为民情怀、奉献精神。

国门巍巍党旗红。走进北京出入境边检总站展厅，迎面一面特制的党旗上写着习近平总书记的嘱托，庄严而肃穆！铭记历史，典藏荣誉。全国特级优秀人民警察刘永清、史宗良等，是北京边检几代人的缩影。"守土有责，战'疫'有望"的民警肖像"守望"，让人顿生敬意。剑胆琴心、"书香边检，文化国门"、"国门警花服务组"等，一帧帧画面饱含着北京边检干警的职业精神、忠诚使命，让人不由得会心地点赞。

校园里升起国旗，图书馆唱起国歌，文化广场迎来了解放军军乐团原团长、音乐总监、军旅指挥家于海与师生们，共上一堂"我和我的祖国"的思政课；"抓好党建是最大的政绩"，全面落实立德树人根本任务、加大首都法治人才培养和在职干警培训；深入开展"四有好老师""四个引路人"实践活动等，在北京政法职业学院的展厅里绽放，格外引人注目。

建设法治中国首善之区的重要力量——北京市法学会展厅，显得简明而紧凑。厅内，把联系首都法学法律工作者、繁荣首都法学理论研究、拓展法学交流、加强法学人才培养等大事要事，通过一组组数据、图片，展现得可圈可点！

东城的"守望者"、西城的"大妈"、朝阳的"群众"、海淀的"网友"、石景山的"老街坊"、"雪亮"的通州、"爱心"的房山……在十六区"平安北京"的展厅里闪烁。

走出展厅，在二层廊道的党旗前，不由得让你举起手来，重温入党誓词。

那一刻，让你的思绪不由得回到红船、回到井冈山、回到延安、回到西柏坡……回到共产党人的初心使命，让你不由而然，珍惜起这个安定盛世里的美好新时代；珍惜起共产党员肩上这份沉甸甸的责任，这个光荣的称号；珍惜伟大复兴新时代的分分秒秒，每一个太阳升起的早晨。

首都政法干警，你的模样、你的温情，在这个壮丽的新时代绵延不绝，美好永恒。

写诗的律师

"我抑郁了!"这是曾经的同事、文友,现今是京城一家知名律所合伙人的郝律师,给我发的微信。

看到微信,我想,是不是这位以前是"诗人法官"、现今是"诗人律师"的文友,又有什么大作要灵魂出窍,而"高光时刻"了。

正思索间,她发来一首自嘲诗道:"走着走着 / 我和我自己走散了 / 我丢失了我自己 / 在不知不觉中 / 我忘了我是谁 / 我要去往何处"。

紧接着,她又微信问道:"现在方便通电话吗?"

我刚回复"好",她的电话便打了过来。

她说抑郁两个月了,一直没缓过劲来,想跟我聊聊。

我们曾经是法律系统的同事,有过工作接触。

她政法大学硕士毕业后,一直在基层法院工作。几年内从法官助理、法官,干到了法庭庭长。司法体制改革中,她辞去了庭长,选择"下海",到了律所,先从律所主任助理干起,考取了律师资格。去年,成为另一家律所的合伙人。

她告诉我，抑郁的主要原因还是老毛病——把世界想成了真善美的诗。想得简单、单纯、容易。所以，又碰壁了！

这个壁，源于她信任的一名助理。是一个面容姣好、职业味浓，但工于心计、大学毕业一年多的小女孩。现在，她认为小女孩是"狼心狗肺"。小女孩则看她是"两面三刀"。所以，她心里很难受、很委屈、很恼火！感到人生失去了方向，正像自己诗中写的一样，"不知要何去何从"！

电话中，她向我倾诉，是因助理失职造成本不该败诉的一桩代理案件，刚刚在法院败诉了。

针对此案，她一细想，一年多来，助理协助她处理的二三十件案件，没有一件是她满意的！原因都在助理身上。是助理不知恩图报，认真履职，故意"要身价"后还失职造成的。

她认为，这个助理太有心计、太功利了。把能力全用在了算计得失上了。

我问她有没有过错，她说，主要过错就是太相信人、太单纯了！

再细聊，她告诉我，她与助理之间的纠葛源于她一开始就对助理"掏心掏肺"的极度信任，还开了高薪。但是，慢慢地，她又招了两名助理，一对比，这个助理业务能力、敬业精神、工作态度等，她感到不值，不想用了。所以，她把心里的想法，与同所的闺蜜同事说了"悄悄话"。

没想到，人心险恶，这个闺蜜同事出卖了她。与她助理串通，让助理来了个先下手为强——在朋友圈公开了辞职信，先炒了她。让她下不了台。

关键是，助理手上还有七八个案子等着搜集、补充证据，写答辩状。这下，助理将了她一军！反过来，助理还觉得她当面一套，背后一套。表面哄着别人干活，背地又想动刀子——让走人！

所以，助理将的这一军，让她很难受！她感到这个世上就没有一个好人！

她感到，踏出校门，身怀正义，恪守"厚德、明法、格物、致公"的校训，让老百姓在每一起案件中感受法治阳光，享受到"胜得心花怒放，输得心服口服"的诗情画意，实在是太难太难了！

她深感，人心不古，世道险恶！理想不易，做人太难！尤其做一个像她一样的律界人太难！

说着说着，她又唠叨起身为法律人的前两次败笔。一次是在法院，她被闺蜜庭长"出卖"，一气之下她选择了"下海"。另一次，是两年前，她在一家律所任主任助理，被主任"出卖"。所以，她选择了离开。她说，这次是第三次了，都是被身边最信任、最要好的人"出卖"。

郝律师是一个有生命情怀的人，是向往简单、纯粹的人。但是，她自己胸怀还不够广博，"小九九"还很多。往往在处事中，以我为尊。而且，既信任人，又不信任人，没有法律人的大爱。她三次抑郁的主要根源，其实也是自私所引起。自古至今，社会上最复杂的都是人。对每一个人，不但要有诗情画意，更要有人间大爱，要去信任、包容，才能理解、善待；才能既修自己，又影响他人；才能走出抑郁，让自己和他人，都成为诗意般的人……

　　一番闲聊，郝律师豁然开朗。

　　她说，看来只心怀法治理想还不够，更重要的是修炼自己的法治情怀。要善于在与同事、闺蜜、好友，尤其是案件当事人交往中，秉承法律人灿烂的胸怀，把心中的大爱，播撒到每一名客户、同事、朋友的心田，才能走出抑郁，获得欣喜与共的人生。

　　放下电话，郝律师给我发来了一条微信，说："我觉得自己格局还是不够大。三次抑郁，不是能力，而是自私、心眼小所致的。与律师应胸怀法治，视公平正义为己任的职业精神格格不入。"

　　稍后，她又发来一首诗，诗云："山的那边／是人鱼的眼泪／是无数次的等待／凝结成的冰／海水是咸的／海面平静而澄清／仿佛忘记／曾经的波涛汹涌／光的使者／带来爱的讯息／融化冰，滴入海"。

诗人艾青说，诗是表达、承担真善美的。

我想，她已找到律师的真谛。不仅是技能，更重要的是素养。是法律人大爱的情怀和素养。像写诗，纯洁的内心世界，让她顿悟出，融化抑郁的坚冰必须用真善美把自己化作一滴海水，用大爱般的似水柔情，才能徜徉在法治的海洋里。

祝福你，用诗锤炼心灵的郝律师。

洗衣店的灯光

　　夜阑人静，总能见到小区门口洗衣店灯光影映下，王妈伏案劳作的身影。见此情景，不由得让我想起首都普通劳动者的奋斗人生、大美人生，珍惜起劳动美、人生美、首都美。

　　一股难以名状的暖流便通透全身，崇敬之情油然而生。

　　昨天，去店里拿一周前送去保养的短款皮衣，袖口装饰的几粒扣子掉了，王妈二话没说，给钉了起来。

　　因"新冠疫情"影响，这个店复工不足月余，生意比往常清淡了些。见店里无人，我与她攀谈了起来。

　　叫她王妈，其实她刚过半百，正值人生壮年。然而，岁月已使她两鬓斑白，皱纹满面，倦色满满。

　　王妈家在河北省南端，与晋、豫、鲁三省接壤，是历史文化名城。家有独生子，在老家化工厂工作，儿媳在轮胎厂工作。已有一孙女。去年底，儿媳怀上二胎，是个男孩，已五个多月了。孕检中发现，因工作环境影响致胎儿畸形，不得不终止妊娠。

　　说着说着，王妈泪水噙满了眼眶，哽咽中，她继续说："本来不打算来北京了，但因疫情影响，当地经济形势不好，尤其是儿子儿媳遭受生育打击，一蹶不振，双双辞职。眼看，一家人生活陷入了困境，不来不行啊！"

　　疫情防控一稳定，她与老公都来北京了。她还是干老本行，五十出头的老公没文化、没特长，只能凭年富力强，在顺义一家保安公司谋得一份差事。一月下来，两人也能收入万把块钱，可供儿子儿媳孙女渡过暂时的难关。

　　不知不觉中，王妈停住钉扣子的手，苦笑了一下，歉疚地说："对不起，对不起！怎么把自己当成鲁迅笔下的祥林嫂了，唠叨起家里这些七七八八的事了。"

　　不经意间，王妈轻拭眼角的泪水，微笑着说："世上没有不劳而获的事，只有自己付出努力，才能得到回报。只有靠双手，才能赢得想要的人生！"

　　说着说着，王妈语气坚定了起来，说："谁的生活都不是一帆风顺的。只要微笑面对生活，锲而不舍地奋斗，便会渡过难关，战胜困难，使自己亮丽起来。"

　　听着这番话，我见王妈灰白的发丝，在小店日光灯的照耀下格外通透，与宇宙明亮仁慈的光线交相辉映。

　　我想，这就是一位普通劳动者对人生、生活，朴素的爱、执着的爱、生生不息的爱。这爱，交汇出首都普通劳动者的奋斗人生、大美人生。

十年前，王妈是家乡一家小有名气的房产经纪公司的老板。生意红红火火。

五年前，代理的一楼盘成了烂尾楼。经纪公司受牵连，赔退定金、预收款、违约金。

一夜之间，王妈举债累累。经此一击，王妈一夜白了头，来到北京，应聘在这家洗衣店维持生计。

五年来，她从零做起，把小区的几百户住家视为"上帝"。春夏秋冬、酷暑寒冬、白天黑夜，王妈洗衣店的那盏灯风雨无阻地为大家亮着。随叫随到，送取上门。不但从不计较尺长寸短，而且，她微笑服务，不计得失。

她诚信待客的经营之道，温暖和照亮了小区的家家户户，让人流连，依依不舍。

每当进到小区，见到门口洗衣店的灯光，住户们才有了回家的感觉。

久而久之，王妈洗衣店的灯光，已成小区家家户户的心灵之光。这光，不单为小区家家户户扫去衣物的尘垢，也洁净着每位住户的心灵。让住户变得纯洁、干净、通透，变得坚强、自立、自信。变得不知不觉中，珍惜起劳动的美、人生的美、首都的美。

洗衣店的灯光，已成这座小区生活不可或缺的一部分，融进了每位住户的心里，照亮着、亮丽着、通透着。

茶语

茶语，是一场无语的对白。是一种气定神闲后，灵魂出窍的灵光一现！佛说，戒、定、慧。茶语，是禅定的最高境界。

"斩春风"，是晋朝僧肇老和尚，不齿苻坚强迫还俗为臣，悲壮走上"掉头挨白刃，恰似斩春风"的禅定。

在日本茶人千利休身上，也演出了同样一幕茶悟的绝唱：千利休手执一柄短刀决绝刺向身体，完成了茶人的悟道——用"永恒之剑"刺向生命的一刹那，下令千利休切腹的丰臣秀吉，也被自己钉在了历史的耻辱柱上。

两例茶语绝唱，彰显出茶道超然世俗争端，恬淡从容的精神。

茶道，不仅仅是道，更是审美情趣的生命体悟。无声胜有声的茶之道，胜于言表。正如老子云，道可道，非常道。茶语，非个中茶人不能体悟。

茶语，仅仅喝茶是不够的。

茶品、人品，茶人、茶事。从茶出发，与世间的社会、世道人心、建筑、美食文化、器物等相融相合，早已表达出化春风、容万物、纳古今、启人生、悟道义、超物外的审美情趣。

一场茶事，可能就是一次人生的蜕变。

前不久，朋友经历的一场下午茶，就把利益、恩怨全然放下。以茶悟道，利益两宜。握手言和，把"腥风血雨""刀光剑影"的商场之争，在杯杯茶水的绕指柔中化为"和气生财"。

甲、乙之间，一个让利、一个晓义，一个瞻前、一个思后，一个从商道走向了儒道，一个从茶室走向了市场。各自安好，何乐不为？

就这样，大家在小小茶室，在不断的冲水沸茶，一杯敬人、一杯自饮的凝神静气中，心平气和。

甲一句，"老兄，茶要一杯一杯喝，还不能烫着嘴，我就一点小利，你让让？"

乙闻言，举起一杯茶回应道："干杯，有钱大家赚。"

就这样，在下午茶的细腻品尝中，茶，默默变成了甲乙之间的桥梁。

一泡一泡，在融化生意解不开的"冰层"；一杯一杯，在领略彼此"淡泊"的感受；一分一秒，在双方平心静气中舒缓着商场的"剑拔弩张"。

袅袅茶香绕斗室，双方在茶的四溢甘香中，表达出烟火人间的"人情味"……最后，把如战场的商场，变成了星星点灯的万家灯火。

茶语，就这样在潜移默化中，让人，在感受、在领略、在表达、在悟道！

现代社会，快慢交织相行。网上的快，都市生活的快，自然而然对应出慢的节奏。

万事万物，均在起伏中向前。都市生活、竞争社会、奋斗人生，逃不出这种万变不离其宗的规则。

饮茶，自唐人陆羽光大以来，从华夏起源，漫透东瀛、英伦至世界各地，自有其脱离茶的饮料本性，而超然物外的灵秀。

因此，茶语，其实是人类社会生活的一种礼遇、生存状态、生活模式的表达。更是饮茶者内心深处只可意会不可言传的美学自溢。

一片小小的茶叶，泡出来的不仅是茶，更是灵魂，是一种饮茶人在饮中审美趋同和精神自救。

茶语，是这个日新月异快时代中，一道让你"歇歇脚"的亮丽风景。更是种茶人、制茶人、饮茶人，如僧肇、千利休般，向死而生、向美而立的人生悟道。

但愿，春风化雨的茶语，在润物无声中让世间变得更加美好而绚丽。

爱情的距离

爱情的距离，每个人有每个人的答案，每个人有每个人的感受，每个人有每个人的体验。但是，万变不离其宗。正如《金刚经》所云，一切有为法，如梦幻泡影，如露亦如电，应作如是观。即心里的标准、心里的测量、心里的比较。最后，都呼唤出一个答案：那就是，心与心之间的距离。

心变了，情移了，不爱了！但是，心为何会变？情为何会移？爱为何会走？深究其理，是两个人的"心境"不一样了。

这个"心境"，不论是时下的"新冠疫情"不可抗拒，抑或是《民法典》中的"离婚冷静期"，都跨越不了男女双方心灵深处的那个"境界"！

以往，总是对门当户对、天生一对、地配一双等俗语的爱情不屑一顾。但是，岁月老人告诫我们，一切事物的破与立、开与闭、得与失、成与败，都是由其本性所决定的。起灭之间，只是一种可观的现象。凡尘俗世中，爱情亦然如此。经典的俗言俗语往往闪烁着美好的传承。人类的情愫不会随社会风俗流传、世代更迭，而变化。

近来，身边的几位经历"七年之痒""十年之变""三年长跑""五年磨合"的夫妻、恋人，最终分道扬镳了。在谈到他们对婚姻、爱情的理解时，都有一种"众里寻他千百度，蓦然回首，那人却在灯火阑珊处"和"半亩方塘一鉴开，天光云影共徘徊"后，"除却巫山不是云"的顿悟，以及"八千里路云和月，莫等闲，白了少年头"而壮士断腕的空灵自性。

自性中，爱与不爱、被爱与深爱、深爱与天长地久的爱，历经千古不变的，还是彼此心与心的距离。

这个距离，是无形的，无标准的，无公式可以计算的！只有爱情中双方的心知道。就如俗语说，婚姻像鞋子，合不合适，穿在双方的脚上，外人看不透。爱情中双方的心，微妙而灵动。只有双方能感悟触碰到，其他人是不得而知的。

这个距离，无关富贵，无关美丑，无关门第，无关学识。而且，不论双方当初被什么吸引，为何走到一起，这个距离最终会大白于各自的"心底"。双方相处的日子长或短，难分难舍或若即若离，都在各自的心底里"心知肚明"。

因为，这个距离在相处中是掩饰不了的，也是通过相处弥合不了的。而且只能越久越突显，时间越长越让彼此知道这个距离是越走越近了，还是越走越远了。

归根结底，这个距离是双方除物质之外的审美认同，即一方对另一方内涵、修养、特点、长处、喜好等感受和认同。

这种认同，能生发出对对方的深层敬意、爱意、恋恋不舍之意，生发出持久而绵长的爱情力量。日子越久，爱情的黏合度越高、融合性越牢，使彼此的心越走越贴近，越碰撞越活力四射、激情飞扬。倘若一方对另一方的内涵、修养、特点、长处等漠视，甚至根本不欣赏或者欣赏不了并产生出厌恶、或鄙视或抵触的情绪，那么，即使一方在物质等方面充盈，让另一方享之不尽用之不竭，这样的爱情也是暂时的，也不能长久。

人非草木，孰能无情。充裕的物质享受之后，回归的还是精神的慰藉和心灵的契合。恋爱或婚姻中的彼此更是如此。更需要一颗心与另一颗心惺惺相惜，相互欣赏，相互快乐，相互慰藉，相互尊敬，相互仰慕。长此以往，成为心心不离、心与心通、心心相印、心灵契合的灵魂伴侣。如此，才能把爱化为心、心融为心，两颗心粘在一起。才能天长地久，海枯石烂。

所以，要缩短心的距离，就要学会去欣赏对方、理解对方、赞美对方。学会走入对方的心海，发现并培养与对方的心一道的喜怒哀乐、酸甜苦辣，使两颗心荣辱与共、共鸣共振。如此，婚姻才牢不可破，爱情才长久保鲜，人生才惬意欢快！

愿你的爱情，心与心是零距离。

花开"云"上校园美

　　沸腾的校园，从冬到春、从春到夏，在沸腾中寂静，在寂静里静美。这是，庚子校园的美，静美。

　　美，在寒来暑往里徘徊。仿佛运动员在赛场上蓄势待发的瞬间，仿佛栀子花在夜晚静静地绽放。寂静，清新，复古，唯美。正如吴越王给爱人的那封信，陌上花开，静待你慢慢归来。

　　这一待，从冬到了夏。

　　豆蔻年华，青春飞扬。操场，冬天里的竞技场。快跑、足球、网球、篮球、羽毛球，三五成群，撒欢、嬉笑，笑声飞扬。夏天里的激情广场。吉他、卡拉OK、旱冰、诗歌朗诵，追逐、游乐，火热的青春在校园里光芒万丈。

　　从前慢。诗人木心说："记得早先少年时 / 大家诚诚恳恳 / 说一句　是一句 / 清早上火车站 / 长街黑暗无行人 / 卖豆浆的小店冒着热气 / 从前的日色变得慢 / 车，马，邮件都慢 / 一生只够爱一个人 / 从前的锁也好看 / 钥匙精美有样子 / 你锁了　人家就懂了"。

"懂了"。借用北宋诗人苏东坡的《陌上花》云："陌上山花无数开，路人争看翠辇来。若为留得堂堂去，且更从教缓缓归。"

忆古思今。慢生活与农耕文明一同远去了，当我们进入城市化数字化的生活，那份诗意的"慢"，又从记忆深处归来。渐渐，动中求静，闹中盼美。一场"新冠疫情"，让沸腾的校园戛然寂静。这一静，让激情四射的学子们，伴随寒假的脚步，慢了下来。

慢的美，在云端徜徉。带莘莘学子，在"云"上相逢。"云"上课堂，"云"上赏春暖花开的校园，"云"上游书香浸漫的校园，"云"上毕业答辩，"云"上升国旗、奏国歌、唱校歌，"云"上说一声："毕业了，让我们挥手再见！"

每年夏天的校园，都可感受到浓浓的毕业气氛。与校园生活告别的不舍，对未来人生起航的期盼。今年，一场疫情到来变得特殊。伴随轻松愉快的视频，大家回望在校园的生活。"一网纵览""一网情深"。特殊时刻，更让学子们用坚韧、奋斗、大爱、美好，去传递善意，领悟人生。去战胜困境和挑战。在时代和人类需要中，谱写不一样的人生。

"云"之花，在网上的校园寂静开放。

虽然疫情让学子们天各一方，"云"上相见，但，山海挡不住彼此的思念。在人生新的征途上，不畏困难与挑战。从此，爱心、责任，在不一样的人生里绚烂。

尽管疫情仍在全球肆虐，与它的战斗尚未结束。学子们在寂静中思考、思考中奋进，完成了人生的蜕变。毕业时刻、起航新征程上，勇敢地脱下了硕士、博士服，换上了白大褂、制服。从此，无所畏惧地走上了人生的考场。

一晃，暑假来临。静静的校园，在静中显得更加悠远而宁静。举目窗外，图书馆顶上的那口巨型时钟仍在默默地争分夺秒，抢在正点报时。校园湖心岛里的荷花，争奇斗艳。高大的教学楼、实训楼，奇丽的体育馆，宏大的体育场，在寂静中默默见证岁月的奇迹。环绕校园的林荫道，东边的"晓山"，西边的柿树林，在夏日的微风中做着深呼吸。疯狂地沐浴着阳光雨露，翘盼你"缓缓归"。

跳跃、奔跑、呼喊、尖叫，烈焰、飞舞、燃烧……青春，是一首诗；青春，是一首歌；青春，是一场霞光穿行的岁月。意气风发，花蕊怒放。火热的心，烈焰正旺。

在这个不一样的盛夏，不一样的暑期，习惯了静的你，又开启了"云"上的岁月。

校园夏浪漫，"云"里作信来，山静水静月静，寂静美中学子归。

沸腾的校园，不久，又将在你的点缀下，星星满天，欢乐似海。

美，在校园寂静中。美，在学子心海里。美，在"云"上相逢时。

美，在庚子这段小清新的寂静里。

浪在楼海

他，不是前浪，也不是后浪。是一直在浪的，浪中浪。

浪在京城的楼海里。东南西北中，享受着新时代北京月月年年，年年月月的楼市盛景！北京地标的美！

享受着那种兴奋、诧异、惊艳，狂欢、失意、失眠、无奈，而太阳又每天都是新的，楼市天天都日新月异地满载一船星辉，在静夜里火一样开放的执着和爱！

这，就是他五味杂陈，但还惊艳着这份职业，坚守着楼市过山车般的冲浪人生。

不为钱，不为名，不为世俗的一切一切，只为售楼员这个可以天天同新的楼盘地标，新的客户相见、相感触、相谈甚欢的职业。

每逢新楼开盘，浪带每个客户不厌其烦地开动如簧之舌去游说游说游说……虽然，一百次游说换不来一个购楼人，但他，在宣传地标、宣传北京，宣传每一处国际大都市的新理念、新生态、新环境中，常常感到，他就是北京浪尖上弄潮的时尚达人！

虽然在节假日，才是他最忙的时段。穿着严肃而职业，不能裹一身华服或便装去参加盛大的晚会和庆典，或游乐休闲。然而，售楼处的人生已让他喜悦满满。尤其是带一批批华美光鲜的老老小小、爱河眷侣、事业有成者，畅说楼盘的各种好、各种美时，他，知足而心情激荡。胜过每一个玩耍的节点。

虽然在这个职业，他已从翩翩青年，浪到了不惑之年，在北京这座美丽的都市，他早已不愁吃、不愁住、不愁穿，过着小资小康的惬意人生，完全可挥挥手，告别售楼处那座小院。然而，几次在浪花里飞出，也没找到欢乐的曲调，反而让他失落而黯淡。

飞过一浪又一浪，蓦然回头，他才知道，他的人生就在不断变换着的售楼处那座小院。

刚刚，他见到十几年前的售楼伙伴，在坚守中已成为京西这座新楼盘的销售总监。他猛然间感到，失魂落魄的灵魂找到了归宿。像个与母亲失散多年、刚刚找到家的孩子，抱着伙伴就是一场痛哭。哭着喊着他要回家，要重返小院。

其实，他离开上一个小院还不足一年。就这样，他像春天里快乐的小鸟，每天又叽叽喳喳、哼着小调浪在了楼市的沙盘、样板间、图纸、户型里，浪在了每个楼盘、每栋楼、每个户型的楼海中，融汇在每个购房人的人海里。

反正，一头扎入楼市的海洋，他又像鱼儿游进大海，蛟龙潜入深海，愉快而欢乐地畅浪着！

浪在楼海，绝妙风景他自知！人生旷逸，静水深流心走意！

楼市人，你们是大都市的宣讲者、代言人！

在你们的宣讲中，让北京的日新月异，天天都绽出夺目的光彩。

歌声远，椰子酒倾鹦鹉盏

　　"有过多少往事，仿佛就在昨天，有过多少朋友，仿佛还在身边……相知年年岁岁，咫尺天涯皆有缘。"这些天，著名歌手李娜的这首《好人一生平安》时时回荡在耳边！"歌声远，椰子酒倾鹦鹉盏！"歌声，追忆、追忆、追忆……无尽的追忆中，五代词人李珣的这首小令，伴随无尽的歌声、无尽的追忆，走入灵魂深处——是啊，在庚子春夏抗击"新冠疫情"的不寻常时刻，4月19日上午，笔者在杜莹女士的微信中得知亦师亦友的老领导、年仅七十五岁的海南省委政法委常务副书记杜斌国先生在海口驾鹤仙游了。杜莹女士乃杜斌国女儿，排行老二。闻悉噩耗，笔者第一时间回信杜女士道："驾鹤西游，极乐无相，尘尽光生，万物堪比伦！"杜女士收悉，即刻回信云："您是我爸爸的好友，文采也好！您方便拨冗给我爸爸写一篇纪念文章吧？感恩！致礼！杜莹叩首敬上！"

　　接到这份沉甸甸的邀请，我的心翻江倒海！说实话，杜先生仙逝已令我万分感慨，再受其爱女之"叩首"，更是五味杂陈，难以自拔！追忆，歌声，哀思，惦念……无尽的悠悠岁月，无尽的南来北往，无尽的人生之路，无尽的执着追求……只能在妙音渐行渐远中品味昔日"共酌琼酥酒，同倾鹦鹉杯"（隋代诗人薛道衡诗）于天长水远了！

"独立无枝挺碧空，一头凤尾啸熏风。"用郭沫若先生这句"咏椰子树"来概括形容故人斌国先生的一生，无出其右。椰子树是海南最常见的树种，适应性强、容易生长。在田间地头，沙滩河岸，路边公园等随意择一块地种下，无须过多打理即会不断生长，直到数丈之高。有人赞美其"伫立凌云诉苍穹，狂风暴雨不弯躬"。可以说，挺拔矗立的椰子树是琼岛海南物化的象征。笔者以为，也是斌国先生把人生最美的年华奉献给海南特区的人生写照。

出生于河北省永年县的斌国先生，成长于河南省泌阳县，毕业于原北京政法学院，一辈子以"警"为生。从侦查员、技术员、股长、科长、分局长，到河南郑州、海南海口两个省会的公安局长，海南省公安厅副厅长，海南省政法委常务副书记等，直至荣退。可以说，一辈子将"为人民服务"的警察忠诚、执着、坚定、无私的信念在中原、南海两地追寻着，拼搏着，奉献着。

一辈子戎马倥偬，斌国先生是真性情、真才情、真汉子的"三真"男儿。在繁忙的警察生涯中，他从未忘却脚踏的大地、仰望的星空、生养的父母、教道的师长、相识的友人等，始终用他那质朴、率真、柔软的心灵碰撞出的才情大智，写出了一篇篇、一首首令人动容、流连、美轮美奂的散文、诗歌、随笔。先后出版了诗集《春从海上归》、散文集《梦淡情真》《板桥梦》、随笔集《风雨昆仑》等，并于2015年成为中国作家协会会员。斌国先生仙逝后，中国作家协会、海南省委等先后发讣告吊唁。全国政协原副主席杜青林，海南省原常委、政法委书记钟文，海南省政协原副主席洪寿祥等斌国先生领导、同事等也纷纷发电、作诗等予以缅怀。

钱锺书先生在《谈艺录》中云："水与镜也，兴象风神，月与花也，必水澄镜朗，然后花月宛然。"水与镜、月与花，人生即如镜花水月，一场大梦，空留去思。关键是，花谢了，也清晰照耀过镜！水澄澈，月即使沉落了，也曾留下波光！水与镜是永恒的！花与月，有开有谢、有沉有浮，可贵在于它的步迹。

岁月虽然再也回不到从前，但故人的真情岁月依然如新开的花和初升的月亮，令人回味、流连、思忆！

笔者与斌国先生可以说是千里结缘。是忘年之好、道义之交、金兰之友。在近三十年的人生缘分中，笔者与杜先生相识于上世纪九十年代初期的海南特区省会海口。那时，笔者在新华社海南分社工作，先生刚由中原大省河南郑州市公安局长调任海口市公安局长。在一次采访中，我们成了忘年之好。缘分使然，之后，我由新华社调任《海南特区法制报》社长、总编辑。不久，先生也由海南省公安厅副厅长调任海南省委政法委常务副书记，成了我的顶头上司。为此，我们又成了道义之交。在尔后的人生流转中，工作、生活、学习交际中，我们又成了金兰之友。尤其是2003年初夏时节，先生忽然写了两篇散文《初见二月河》《春夜蛙声》，请笔者指点。阅两文，令笔者惊诧不已——两篇散文，不但道出先生初见二月河时的忐忑、启迪——是梦开始的地方，抑或是梦的结束；而且春夜，先生小时候家里后院水潭里传来的阵阵蛙声，打破夜的静谧，胸中萦绕出母亲的"疙瘩汤"的醇美，这些与一名老警察，很难联想在一起！那天起，笔者恍然大悟。原来，杜先生不但是"五大三粗"的老警察、人民公仆，更是内心炽热，爱民、敬民的大地之子。同时，还是数十年如一日，在繁忙工作中固守大美大爱心田，把工作、生活中观察、积累的一人一事、一草一木、一咏一叹真实记录下来的"儒警"。

因而，在尔后，笔者从海南到北京工作，我们之间的交往从未中断，先生每到京城必小酌一番，畅谈人生；每有作品发表必赐笔者欣赏。2008年初，先生的第一本作品集《梦淡情真——一个老警察的心迹》由南方出版社出版，嘱我写篇读后感。遵命，笔者在阅读这本收入先生三十余篇、记事跨度长达十年、二十年、三十年的散文集子里，看到有时任海南省委书记卫留成、海南省委原副书记蔡长松、著名作家韩少功等分别作的序，有先生的诗词、散文、杂论，有先生对故乡和亲人的记忆，有先生对自然和人世的吟叹，有先生描写战友的忠诚等，折透出其在工作之余跋涉于艺术殿堂里寻求真善美的心路历程。读后深受感染，笔者写下《纯美的心·纯美的文——读杜斌国〈梦淡情真〉》一文（载2008年4月27日《法制日报》11版），被先生收入该书。在文中，笔者感叹道：《梦淡情真》读后，给人以超然物外，至纯至真至情至性至美的艺术享受。读后，很难让你把作者与一名公安干警、政法领导干部联想在一起。这就是，至性至情的斌国先生！

"碧云天，风吹桅樯鼓与帆／弄潮人，船头站，几番跟头搏浪去，瞬间又立浪花尖……"（诗《天涯弄潮人》），"满目青山绿胜蓝，三江入海浪声欢／更喜博鳌人欢笑，莺歌燕语赞海南……"（诗《博鳌游》），"徐徐清风吹，茫茫海天低／百花拨时节，琼崖雨纷飞／鱼跃绿波暖，万物尽生晖／今年花开早，春从海上归"（诗《春从海上归》）……是啊，故人去，清风朗月、形影相随。读先生2013年5月由华艺出版社出版的诗集《春从海上归》，不禁让人举目窗外首都鲜花簇拥的一草一花一木，油然追思起先生化蝶神游于无穷旷野的"成林竟作撑天柱，坠实浑疑掷弹筒"（郭沫若《咏椰子树》）的椰树精神。追思那年那月，在琼岛共事时，每天晚饭后我们一伙人与他在海口万绿园海边健步走，走得大汗淋漓，走得欢天喜地，走得阔论人生理想。而后，温一壶浓浓的"铁观音"提神、出汗、醒脑。再而后，各自归家的豪迈情景仍然历历在目。

"用你我的魂魄，托起灿灿的警徽／几经风霜苦，几经奔波累／几经艰与险，几掬男儿泪／只为'人民卫士'四个字，宁愿筋骨碎／只求盘点人生那刻，今生一世终无悔。"这是先生写在2016年3月由群众出版社出版的随笔集《风雨昆仑》一书扉页自嘲自画像自立志的座右铭。从"都兰从警""沙漠疑案"到"远逝的铭声""风雨昆仑"……"几度风雨几度春秋，风霜雪雨搏激流，历尽苦难痴心不改，少年壮志不言愁……"从翩翩少年，求学京城，到远赴青海都兰从警，风雨夜昆仑破疑案，到回老家河南郑州抓抢劫银行悍匪，再到大特区海南在木棉盛开的日子，以一个退休老警察身份慰问全国公安系统一级英模、昌江县公安干警黎定琦。岁月就是这么无情，让风华少年转瞬成了公安骨干，再一晃成了两鬓斑白的老警察、老同志。再一转身，铁骨铮铮的汉子，已化为青烟！刘欢的这首《少年壮志不言愁》，正是先生一生从警的写照。

"忆昔午桥桥上饮，坐中多是豪英……二十余年如一梦，此身虽在堪惊……古今多少事，渔唱起三更。"宋代诗人陈与义的这首《临江仙·夜登小阁忆洛中旧游》，正是笔者此时的心境！是啊，遥想二十多年前，浅酌小饮，先生座上多是政法英豪。人生如梦，往事如烟，而今，先生远去，群贤们只能"渔唱起三更"来缅怀、追忆故人的风貌。也遥祝故人万物堪比伦！正如《无量寿经》云："得微妙法，成最正觉。"

原载于2020年6月2日《法制时报》

当代中国的画卷

——读张平长篇小说《生死守护》

"党的作风就是党的形象，关系人心向背，关系党的生死存亡。"党的十八大以来，以习近平同志为核心的中国共产党人以刀刃向内、勇于自我革命、自我革新的历史魄力，在中华大地开始了一场以全面从严治党为根本保证的浴火重生。

在这场向死而生、涤荡心灵、震撼中外的自我革命中，一批批淬烈火、铸魂魄的新时代共产党人们，激流搏浪、改造世界，谱写出一曲又一曲惊天地泣鬼神的时代凯歌，描绘出一幅幅可歌可泣的时代画卷。

《生死守护》，这部日前由作家出版社出版，中国文联副主席张平先生创作的长篇小说，就是以主人公辛一飞为代表的共产党人在新时代征途上，以一条路、一座城、一个市为轴心，表现出一名共产党人"生死守护"党员声誉、职责、使命、初心，和党的执政根基——人民的上乘佳作。

文艺是时代前进的号角，最能代表一个时代的风貌。

"全面从严治党"，是中国共产党面临执政环境复杂，先进性、纯洁性弱化，作风漂浮、精神懈怠、能力不足、脱离群众、消极腐败等关键时刻，做出的划时代举措。

一个时代有一个时代的历史使命，一个时代有一个时代的英雄人物。在这场生死存亡的"刮骨疗伤"、强筋健骨、练就金刚不坏之身的深刻革命中，勇于站在时代前沿，以充沛的激情、生动的笔触，创作出有筋骨、有道德、有温度的作品，已成为"人民作家"张平的历史自觉。

这部小说，是他两年前（2018年）出版"一部真正的反腐作品"、重大社会和政治题材《重新生活》后，为人民和时代而写的又一部力作。也正如他在自序中所言，"文学创作，如果缺失人民的概念，那文学本身也是缺失的"。"现实题材中的人民性写作，必须接地气、必须是人民乐意接受和认可的"。

正是基于为人民抒写、为人民抒情、为人民抒怀的创作主旨，这部四十万字、四十二章的小说，始终把当代轰轰烈烈开展的统筹推进"五位一体"、协调推进"四个全面"，全面建成小康社会的历史场景，纳入创作视野，在2014年3月动笔，五易其稿，直到今年5月才成稿。作品开篇，便把老百姓最关心的拆迁、旧城改造、文物古迹保护、棚户区改造、农民工子女教育、城市化建设、经济新常态下高质量发展等民生问题，一一抖出来。紧接着，通过老百姓的仇富——仇腐——仇贪——仇官等心态演变，刻画出人心裂变，百姓期盼党和党的干部振翅涅槃、浴火腾飞的民心所向。透视出党的十九大报告指出，"当前我国社会的主要矛盾已转化为人民日益增长的美好生活需要和不平衡不充分的发展之间的矛盾"，而引发出的社会、政治、经济、文化、心理等多重迭变。

小说以龙兴市修建一条由市委市政府所在地飞云大街，到龙泉机场，大约四十公里长的龙泉大道为引子，以市辖县吴浙县县长辛一飞破格提拔为市委常委、常务副市长，主抓龙泉大道建设为主线，展开了一场场波谲云诡、刀光剑影的权与利、利与力、正与邪等生死较量。尤其以共产党人辛一飞被推上龙泉大道建设总指挥的"火焰山""生死场"为轴心，在各方利益团伙包围中经受了副市长落选、诬告挪用三千万赃款、栽赃给原市委副书记行贿一百万、涂改个人干部档案最终被省纪委监委调查等一系列，各方势力围追堵截而"凤凰涅槃"的惊心动魄故事，展示出新时代好干部辛一飞在多重围困和殊死搏斗中，用共产党人的凛然正气诠释出的新时代共产党人风采，展现出的当今中国政治、经济、文化等壮观景象。

人民的需要，是文艺创作的根本价值所在。也只有根植于人民大众的沃土，才能创作出人民需要的划时代作品。党的十八大以来，党用行动回答了人民的关切，人民表达着离不开党、离不开政府、离不开这个伟大时代的心声。这，正是作家们奋笔讴歌这个伟大民族、伟大时代的着力点。作品中，张平牢牢把握了这个要义。把丰富的生活积淀倾于纸上、倾于辛一飞这个时代群体的代表人物上，在三个阶段逐步将其推向高潮。首先，是小说第十一章，辛一飞落选副市长以后，省委常委、市委书记田震经请示省委，决定由省纪委监委派出联合调查组，就落选事宜进行调查，征求辛一飞意见时，辛一飞说，"我以个人名义提个要求，为了龙泉大道顺利开工，此时，请一定不要派调查组。"紧接着，辛一飞说："现在，只有排除所有干扰，全力以赴把龙泉大道这个民心工程顺利开工，才是对老百姓最好的回答和做法。"事后，正是辛一飞这一牺牲个人小利益，顾全大局的胸襟、做法，避免了一场可能因落选调查而引发的，龙兴市人心惶惶的"大地震"。其次，是小说三十一章，辛一飞来到马家园棚户区。这里，既是惠民工程龙泉大道必经之地，又是旧城改造的大坎难坎，还是地下可能埋着国宝级文物的风水宝地。龙泉大道准备开发，触动了利益集团，煽动不明真相的上万群众和国家文物局领导聚集到这里，妄图以民意和上级意旨的"双剑合璧"，把大道建设扼杀于"腹中"。这章，正是万名老百姓受蛊惑聚集闹事的沸点时刻，也是国家文物局局长方新辉来现场兴师问罪的时刻。现场群情激昂，一触即发。眼见一场群体事件即将引爆，市委常委、龙泉大道工程总指挥辛一飞立即从社区负责人手里接过麦克风，打开随身携带的小本本，一字一字给大家念起了他三次不打招呼来到这里，了解进城务工青年许凯归讲述"中国的老百姓，唯一的靠山就是政府""最大的恩人就是共产党"；打工青年高俊才呼吁"干的是牛马活，住的不如人家狗窝，政府看不到吗"；刘姓小伙子质问"棚户区，什么叫棚户区"……现场，辛一飞一字一字复述老百姓的真话、心里话、掏心窝子的话，让群众看到了党的领导干部、主政一方的"父母官"们，"衙斋卧听萧萧竹，疑是民间疾苦声"的坦荡胸襟，敢为民先、民忧、民愿，倾听民情、民意的人民立场，血肉联系。把利益集团精心策划的一场风暴化于无形。再次，小说二十二章，辛一飞来到旧城改造中因强拆而流离失所、居住在D级危房的乔明虎、赵艾云、陈可喜家中，和居住在填埋露天粪池上狭窄过道里的王国庆、杨育红家中，向乔明虎的残疾儿子、陈可喜患癌无钱治疗的老伴、疾病缠身卧床不起的王国庆母亲等，施出了援助之手，释放了党和政府的关切；二十四章，辛一飞在龙泉大道现场会上说："老百姓当初为什么跟着我们打天下？就一句，让人民当家做主！新中国成立七十年了，当家做主的人民都让我们给忘了吗？忘记过去就等于背叛。背叛人民，就等于把这个天下全都卖给了有钱有势的人！如果真是这样，这还是人民的天下吗？"三十一章，辛一飞给乔大顺老人倒尿盆、包伤口……一个焦裕禄式的"夙夜在公""生也沙丘，死也沙丘"的新时代共产党人形象跃然纸上，催人泪下，令人震撼。

在"四个全面"战略中，全面依法治国、打黑除恶，是推动时代变革的重要一环。也是这部小说整体布局的重要方面。通过对龙兴市黑恶势力头目、云翔集团董事长靳如海，集团下属云翔大酒店总经理霍怡帆团伙，在龙兴市操纵土地、酒店、餐饮、旅游、房产、娱乐，围猎部分意志薄弱官员，大肆巧取豪夺、坑蒙拐骗、欺男霸女等无恶不作的描述，尤其在得知辛一飞由吴浙县长调任市委常委、拟破格提拔为常务副市长、主抓龙泉大道工程后，设下重重埋伏，从鼓捣"落选"，到冒充中纪委"取证"，再到霍怡帆化名冯美蓉以与惠源公司董事长赵祯熙签署合作协议为名、威胁赵祯熙诬告辛一飞行贿，再到用钱买通不明真相的群众聚集上访、游行，再到诬告辛一飞改年龄……可谓险象环生、腥风血雨。一路上，荆棘、路障、陷阱丛生。没有钢筋铁骨，和应付"七十二变"的"不坏之身"，很难迈出靳如海布下的黑网。很难将这股盘踞在龙兴市、与部分贪腐分子沆瀣一气，严重破坏党的形象、损害党和人民利益，败坏党心民心的黑恶势力绳之以法。

像爱惜自己生命一样保护好文化遗产。在保护中发展，在发展中保护。这是当代共产党人，创造中华文化新辉煌的历史责任。小说另一视角，紧紧围绕江洋大盗、文物走私团伙崔铭化、崔晓剑父子，多年隐藏在龙兴市，以文物商为掩护、一家三代人以龙兴市丰富的地下文物宝藏为源，大肆偷盗私挖、造成国家文物流失为伏线，记述了市文物局科长史文祥、市公安局副局长沈慧等一大批共产党员，在公安部、国家文物局、省公安厅等全力支持下，摧毁这一世代为盗的文物犯罪团伙，最终，年轻的公安局女副局长沈慧以生命为代价、倒在文物悍匪崔铭化枪下的故事，让人读来惊心动魄、跌宕起伏、扣人心弦。

让中国故事、当代中国人的精神，在这个伟大的新时代传颂和闪亮，展示出八千九百万大党成员为十三亿中国人民谋幸福、谋未来的英雄壮举，正是张平这部新作的题中之意。

掩卷，意犹未尽。也期盼着"人民作家"张平，下一本作品从"人民中来"到"人民中去"，继续为这个时代留下宏伟足迹的人民而歌。

后记

一晃，离开编辑岗位十八年了。十八年来，再也没有把写作当成职责，天天笔耕不辍。虽然偶尔也有作品见诸报端，在2015年还出版了随笔集《上善若水》，但是，那都是在茶余饭后点染的小文。而且，文集收录的大部分作品，也是编辑时期创作的。

这次，在防控"新冠疫情"居家办公中，偶尔提笔，便一发而不可收拾。从3月到7月，四个多月的时间里，记忆深处的人物时常闪现、故事频出，曾经历过的景、物也在脑海里涌动，身边的一切在心海里荡漾，于是，一篇篇文章在我笔下成形。可以说，这本小书也是自己对写作生涯的再回顾、再冲刺。

当3月24日，第一篇文章《天人合一妙手济世》见报后，紧接着，便有了第二篇、第三篇……有的朋友开玩笑说："怎么重操旧业了"！

这不是重操旧业，防控"新冠疫情"居家的这段时间，让我的心静了下来。身边的一人一事，和几十年来身边父母、身边的每一个人，平凡而动人的故事，从我心海里流淌到了我的笔尖下，是那么让我陶醉、令我动容；那么让我无尘无染、内心光明而温暖。所以，就收不住笔了。就情不自禁要趁人静下来，在防疫中静下来，工作和写作两不误地写。没想到，我的思绪还是那么敏锐，和那么一发而不可收，就写出了这部作品。

付梓印刷，翻开每一篇文章，自己感到这些文章好像打开了泄洪的闸，是那么一泻千里，那么自然和真情流露。都是我身边那些平凡的人和平凡的事，他们是那么高尚、那么伟大、那么动人。

小书能够出版，我要感谢人民艺术家、中国作家协会名誉主席、著名作家王蒙先生为本书题写书名；感谢诗人、剧作家、曾任文化部代部长、鲁迅文学院院长、中宣部副部长、九十八岁高龄的贺敬之先生，人民作家、中国文联副主席、著名作家张平先生，分别为本书作序；感谢中华文学基金会副秘书长王勇强先生在本书创作中给予的指导，他优美的篆书印章也为本书的装帧设计增色不少；尤其要感谢作家出版社对本书出版给予的各种支持、指点、关照，谢谢。这些，都保证了本书的出版，让我莫齿难忘，深表谢意！

作者

2020 年 8 月

图书在版编目（CIP）数据

写在庚子 / 楚建锋著. -- 北京：作家出版社，2021. 10
ISBN 978-7-5212-1381-2

Ⅰ. ①写… Ⅱ. ①楚… Ⅲ. ①散文集 – 中国 – 当代
Ⅳ. ①I267

中国版本图书馆 CIP 数据核字（2021）第 055803 号

写在庚子

作　　者：楚建锋
封面题字：王　蒙
封底篆刻：王勇强
责任编辑：宋辰辰
装帧设计：意匠文化·丁奔亮
出版发行：作家出版社有限公司
社　　址：北京农展馆南里10号　　邮　　编：100125
电话传真：86-10-65067186（发行中心及邮购部）
　　　　　86-10-65004079（总编室）
E-mail:zuojia@zuojia.net.cn
http://www.zuojiachubanshe.com
印　　刷：三河市北燕印装有限公司
成品尺寸：152×230
字　　数：168千
印　　张：18.25　　　　　　插　　页：4
版　　次：2021年10月第1版
印　　次：2021年10月第1次印刷
ISBN　978-7-5212-1381-2
定　　价：49.00元